店長がバカすぎて

早見和真

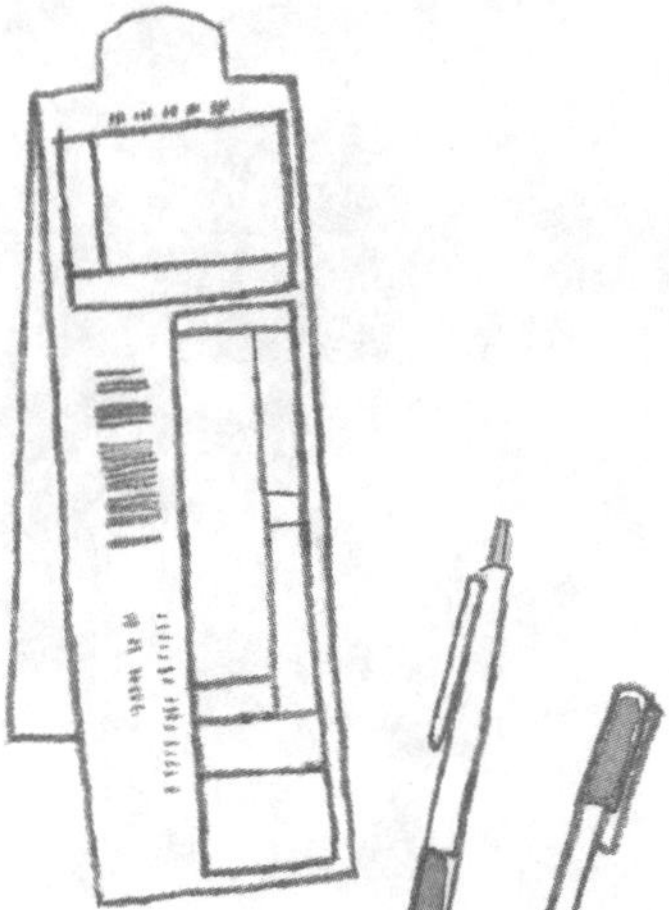

画　田中海帆
装幀　名久井直子

店長がバカすぎて

第一話　店長がバカすぎて

いつも通りの長い長い店長の話に、いつもよりはるかに苛立っているのに気がついて、私は生理が近いことを思い出した。

起きたときからイライラしていた。頭が割れるように痛く、布団からまったく這い出ることができなくて、唸りながら起き上がって見た洗面所の鏡には、バケモノみたいにむくんだ女の顔が映っていた。

昨日の夜は、楽しくのんでいたはずだった。大学時代の数少ない友人たちと、神楽坂にある私の実家の小料理屋〈美晴〉で、夜が更けるまでのんでいた。結果、翌朝ひどいむくみと頭痛に悶え苦しむことになるとも知らず、昨日の私はずいぶん暢気なものだった。

「どうしました？　谷原京子さん。ちゃんと聞いてくれてますか？」

そこを押して痛みが和らいだことなどない頭痛に効く眉間のツボを押していた私に、店長が言ってくる。おもしろいと思っているのか知らないが、スタッフをフルネームで呼んでくるのはこの人のクセだ。

〈武蔵野書店〉吉祥寺本店が誇る「非」敏腕。山本猛という名前ばかり勇ましい店長が、人を苛立たせるという意味では百点満点の笑みを浮かべている。

アルバイトスタッフからは「やさしい」とそれなりにウケが良く、正社員や契約社員からは「軽薄」と徹底して軽んじられている山本店長は、今年で四十になるというウワサだ。ウワサ、というのは、私の店長に対する興味が徹底的にないということで、究極的には店長が三十歳であろうと、五十歳であろうと関係ない。

あまりにも痩せぎすな、シャツ越しにもあばらの浮き出ている胸を凜と張って、店長は再びスタッフに目を向ける。

「えー、これは昨日も皆さんにお伝えしたことなんですが、明日か、明後日、私に宝永社さんから来客があるはずです。おそらくはレジを訪ねてこられると思うので、応対される方は私につないでください」

本当に昨日の朝礼では「明後日か、明明後日」と言っていたことを、店長は満足そうに繰り返す。今日のこれに限らず、店長の話に意味などあったためしがない。宝永社の人間が明日か、明後日来るというなら、明日か、明後日、その話をすればいいだけだ。

いや、そもそも営業中に誰かがやって来て「店長はいるか」と尋ねられれば、誰であろうがつつがなくつなぐに決まっている。

午前九時四十分——。ただでさえクソ忙しい書店の朝。毎日、毎日、よくもこんなムダなことに時間を割くものだと、呆(あき)れるのを通り越して感心する。

以前から朝礼にはやけに気合いの入った人だった。そういえば、山本店長は最近自己啓発本にどハマりしているという話を聞いている。もし、これでたまに深夜のドキュメンタリー番組で目にするような、絶叫系の「ありがとうございます！」『ありがとうございます！』「かしこまりました！」『かしこまりました！』「お父さん、お母さん、生んでくれてありがとう！」『生んでくれてありがとう！』的な例のあれが導入されたら、マジでこんな店辞めてやる。

搬入された本の棚だしもまだ全部済んでいない。早く終われ、早く終われと心の中で念じていた私を嘲笑(あざわら)うように、店長はしたり顔を浮かべ、うしろに組んでいた右手を挙げた。

「ええ、私は今朝出社してこの本を購入しました。まだパラパラとしか読んでいませんが、とても興味深く、タメになることが書いてありそうです。良かったらみなさんも読んでください。興味があるようでしたらお貸しいたしますので」

書店の店長という立場でありながら、平気で「本を貸す」などと口にしてしまう精神性に腹が立つ。著者に還元するという意識が決定的に足りていない。

もっと頭に来ることがある。私が何よりも許せないのは、それこそ書店の店長という立場であるくせに、この人がたいして本を読んでいないことだ。

店長が自信満々に掲げたのは、竹丸(たけまる)トモヤとかいう肩書き不明の著者が出した、何年か前にバカ売れしたビジネス書だった。たとえるなら文芸書担当の私がお客様から「最近のオススメ小説」を尋ねられて、誇らしげに『ハリー・ポッター』を案内するようなものである。べつにそれはいいのだろうけど。

とはいえ、その迷いのない表情は気に入らない。私は沈黙を裂くように息を吐いて、あらためて店長の手にある本をにらみつけた。

竹丸トモヤもろともぶん殴りたい気分になる。

『やる気のないスタッフにホスピタリティを植えつける、できるリーダーの心得　77選！』

誰が読むか、ボケーっ！

朝から最悪の気分だった。開店五分前になり、あわてて残った棚だしを済まし、この朝担当のレジに入って、私は入念に顔のマッサージをしていた。

「谷原、ちょっとイライラしすぎ。何、生理？」

私よりも七つ年上の正社員、小柳真理（こやなぎまり）さんが、自分の仕事もあるはずなのになぜかとなりにやって来た。

小柳さんの肌つやの良さはとても三十五歳とは思えない。入ったばかりのバイトスタッフは、九分九厘、私の方を先輩とジャッジする。同じ地味なモスグリーンのエプロンですら、小柳さんが着れば北欧製に見えてくる。

小柳さんはこの店の数少ない良心だ。少なく見積もっても、私は過去に十回くらい本気で店を辞めようと思ったことがある。そのうちの少なく見積もっても九回は、小柳さんに説得されて退職するのを翻意した。

「いや、まだか。あんた、私と生理の周期まったく一緒だもんね」

小柳さんは自分で言ってくすりと笑った。朝からの苛立ちがすっと消えていく。名字で呼ばれることも、「あんた」という言い方も、小柳さんが口にするなら嬉(うれ)しくなる。エコヒイキとわかっているが、もし店長に同じことを言われたら、私は余裕で「セクハラだ！」って大騒ぎする。

いつか小柳さんが同じタイミングで同じ眉間のツボを押していたとき、私たちは月経のタイミングがほぼ変わらないという事実を知った。それだけのことが本当に嬉しかったのを思い出しながら、私は小さく嘆息した。

「そうですね。まだ生理ではないです」

「じゃあ、店長か」

「店長？」

「違うの？」

「店長がどうしたんですか？」

「うーん、バカすぎる？」

ポカンと口を開いてその横顔を見上げて、私はたまらず噴き出した。

「いやいや、それはまぁそうなんですけど。でも、そんなのべつに今日に限ってのことじゃないですし」

店長には自分以外の誰かが悪口を言っていると、途端に守ってあげたくなるという不思議な特性がある。

それをよく知る小柳さんも鼻で笑った。

「じゃあ、なんでカリカリしてんのよ。あんたがレジで顔をマッサージしてるときって、たいてい怒りを鎮めようとしてるときじゃない」

ああ、これだ……と、私はあらためて思う。職場にどれだけ不満があったとしても、一人でも理解者がいれば耐えられるという持論が私にはある。

お客さんでにぎわっている夕方の時間も嫌いじゃないけれど、開店前の、空気の淀(よど)んでいない店が一番好きだ。東向きの窓から柔らかい朝の陽(ひ)が差し込んできて、かすかに舞う埃(ほこり)まで輝いて見える。

私はこくりとうなずいた。

「小柳さん、大西賢也(おおにしけんや)先生の新作のゲラって読みました？」

「ん？　結構前に往来館(おうらいかん)が送ってきたやつ？」

「はい。あれ、もう来週発売なんですけど」

「そうなんだ。いや。全然。読もうとも思わなかった」

「私もです。私もなんですけど、こないだちょっと読んでみたんですよ。そしたら、あれ、なかなかのもので」

「やっぱり？　なんかヤバそうな匂いプンプンしてたもんね」

「タイトル『早乙女今宵の後日談』とかっていうんですけどね。あれ、書店が舞台の話って知ってました？」

「知らない」

「それはべつにいいんですけど、なんかホントにすごかったんです。早乙女今宵っていうペンネームだった元売れっ子の覆面作家が、自分の才能に限界を感じて、引退して、正体を隠したまま書店員になるっていう話なんです」

「へぇ、ちょっとおもしろそう」

「ホントですか？　私はこの時点でめちゃくちゃ胸焼け起こしたんですけど。夢破れた小説家が書店なんかで働くかよって。薄給ってわかってんのか、このヤローって。それでも、まぁがんばって読み進めてみたんです。そうしたらもう胸焼けどころか、胃の中のもの戻しちゃいそうになっちゃって」

「なんで？」

「なんかキラキラしてるんです。みんなハツラツと働いてるし、朝起きたら『今日も大好きなお店で働ける！』とか声に出して言うんです。いや、でもそれはいいんです。そんな店もあるんでしょうし、そんな人もいるんでしょう。それはべつにいいんですけど、ただ、ちょっとどうにも許せないこともあって」

「何？」

「なんかそのキラキラした本屋、平気で殺人事件とか起きるんです。で、なんやかんやありながらも早乙女さんがすべて解決しちゃうんです。あと、すぐに誰かが恋に落ちるんです。早乙女さんに至っては、かつてライバルだったイケメン作家が店にサイン会にやって来て、一目惚れされるんですけど、その作家のことは自分の正体を明かさないまま振るんです。振って、店長とつき合おうとするんです。私の本質をちゃんと理解してくれているのはこの人だけとか言って。そうしたら店長の方は、早乙女さんの正体に気づいていたとか言い出すんです」

「なんで？」

「そこなんですよ。なんでも、店で起きた事件の推理の仕方が早乙女今宵の描くミステリーの世界そのものだったからとかいうんです。あともう一個、名前がアナグラムであることに気づいていたとかって」

「アナグラム？」

「はい。その主人公、榎本小夜子っていうんですけど、ローマ字にすると〈ＥＭＯＴＯ　ＳＡＹＯＫＯ〉なんですよ」

「うん」

「その文字を入れ替えていくと〈ＳＡＯＴＯＭＥ　ＫＯＹＯＩ〉になるとか言って」

「へぇ、そうなんだ。すごいね」

「〝I〟が足りてないんです」

「へ？」

「KOYOIの〝I〟の字が、榎本小夜子のどこにもないんです！　でも、それにいっさい触れられてなくて。ひどいですよね？　ビックリしません？　あり得なくないですか？」

私が一気にまくし立て、小柳さんがプッと吹き出したところで、店内に開店を告げる『愛のオルゴール』が流れてきた。

常連の年配客が同時に入ってきたが、気の昂(たか)ぶりは収まらない。小柳さんの顔を横目にしながら、自分の身に置き換えて考える。

店で不可解な殺人事件？

店長がキレキレの推理を披露？

作家が書店員に一目惚れ？

書店員はそれを一刀両断？

なぜなら書店員は店長のことが気になるから？

そして二人はめでたく恋に落ちる？

かぁーっ、ぺっ！

気持ち悪い！

何もかもあり得ない！

「でも、とりあえず谷原は全部読んじゃったんだよね？」と、小柳さんが煩悶（はんもん）する私に尋ねてくる。

「そうなんです。そこなんですよ。なんか読まされちゃったんです」

「コメント書くの？」

「書くわけないじゃないですか」

「まぁ、往来館だしね。それはそうか」

視線を戻した小柳さんに釣られるようにして、私も店内に目を移す。私たちの勤める〈武蔵野書店〉は、ひねりもクソもないその名の通り、東京・武蔵野地区を中心に六店舗を展開する中規模書店だ。

私たちのいる本店も一応吉祥寺ではあるけれど、大型書店が何店もひしめく駅前から十分ほど歩かなければならず、商店街からも一本外れたへんぴな場所にあり、大きさも一二〇坪ほどしかない。

そんな中途半端な店でありながら、それでもそこそこの存在感を示してこられた理由は二つある。

一つは、サブカル系のラインアップに強いこと。かつて存在したバウスシアターという映画館の客をこぞって摑（つか）むという当時の担当者の狙（ねら）いが当たり、バウスシアターが閉館したいまも一定のサブカルファンが応援してくれている。

もう一つの理由は、まさにとなりに立つ小柳さんの存在だ。本人は「ビギナーズラックもいいとこ」と謙遜（けんそん）するが、かつて小柳さんの書いた応援コメントが見事にハマり、ある本が全国で爆発的に売れたことがある。

その出来事をきっかけに、多くの出版社が小柳さんの力を頼ろうとした。当時は〈武蔵野書店〉の名とともに「小柳真理」という文字を至るところで目にしたものだ。本の帯や、文庫の解説はもちろんのこと、新聞や雑誌の広告であったり、電車の中吊（なかづ）りだったり。まだ学生だった私でさえ小柳さんの名前は知っていた。

いや、それどころか私は小柳さんの書く文章が大好きだった。愛があって、やさしくて。出版社とのつき合いだったり、営業との関係だったりで褒（ほ）めてないのは明白で、小柳さんの薦めている本は迷わず買ったし、いまだに本人には伝えていないが、私が就職先に〈武蔵野書店〉を選んだのも小柳さんがいたからだ。

とはいえ、最初は一緒に働けなかった。契約社員の私はずっと本店に勤めていて、正社員の小柳さんが異動してきたのは、いまから三年前のことだ。口では「ずっと憧（あこが）れていました」などと言いながら、手が震え、目も合わせられなかったとんでもなく挙動不審だった私に、小柳さんは想像していた以上にやさしかった。

仕事のことだけでなく、本の読み方や、選び方、腹の立つ上司のいなし方まで、聞けばなんでも教えてくれたし、たまにとはいえご飯にも連れていってくれた。

そのうち、小柳さんは私に出版社から送られてくる刊行前のゲラというプリントを読ませてくれるようになった。はじめのうちは、まだ発売前の作品を読めることが純粋に嬉しくて、好きな作家も、そうじゃない作家も分け隔てなく読み漁った。

はじめて自分の文章が推薦コメントに使われた日のことを、私は生涯忘れることができないだろう。富田暁という私と同じ歳の作家さんの、『空前のエデン』というデビュー作だ。

「はい、これ練習。なんでもいいから書いてみ」とゲラを渡され、提出したあまりに拙い感想文を、小柳さんがこっそり版元の営業さんに渡してくれていたのだ。

私なんかが……という気持ちは最後まで払拭できなかったが、「谷原京子（武蔵野書店・吉祥寺本店）」という文字は気恥ずかしくも、誇らしかった。何よりも『空前のエデン』は掛け値なく素晴らしい作品だった。私は自分の書いた推薦コメントによって本が一冊でも多く売れることを祈らずにはいられなかった。

もちろん『早乙女今宵――』ほどではないとはいえ、あの頃の私はキラキラしていた。作家さんの新作をいち早く読めることも、コメントを使用されることも何もかも新鮮で、心から喜べていた。小柳さんの疲弊した姿を天性のアンニュイさと勘違いし、振り返れば、ずいぶん暢気なものだった。

「でも、私がコメント出そうが出すまいが、売れちゃうんですよね。あの本」

一向に客のやって来ないレジに立ちながら、私はうんざりとつぶやいた。小柳さんはカウンターに置かれた店舗用のパソコンを叩(たた)きながら、私の目も見ずに口を開く。

「まぁ、大西賢也の新刊だしね。黙ってたって売れるでしょ」

「何がいいんですかね。あの人の本って」

「さぁ、わかりやすいんじゃない？」

「典型的なオジサンの書く女の人ばっかり出てきますよ。見事にみんな都合がいい」

「それがわかりやすさでしょ」

「うーん。もっと売れていい本、他にいっぱいあると思うんですけどね」

大西賢也は当代切っての売れっ子だ。早乙女今宵と同じ「覆面作家」というミステリアスな売り方とは裏腹に、書くものはたしかにすべてわかりやすい。老若男女を問わずライトなファンがついているという印象で、〈武蔵野書店〉でも出す作品、出す作品、必ずランキングの上位に名を連ねる。私がコメントを出すまでもない。

それに加えて、新作の版元が往来館であるというのも気に入らない。業界大手だからという理由ではないと信じたいが、とにかく営業担当者の態度が不遜なのだ。今回だって、なんの連絡もなしに一方的にゲラが送りつけられてきた。さも「お待ちかねの大西賢也先生の新作ですよ」という具合に。

遠くから常連さんがこちらに歩いてくるのが見えた。いつも何かと難癖をつけてくる、面倒なお客様だ。

それを察してのことではないだろうけれど、小柳さんはパソコンのエンターキーを音が響くほど強く叩き、わざわざ「さてと」と声に出した。

そしてカウンターを出ていこうとする間際、思い出したように振り返った。

「あ、そうだ。谷原、今夜って時間ある？」

「今日ですか？　はい、大丈夫ですけど」

「そう。じゃあ、ちょっとのみいこうか。話があるんだ」

季節に一回という程度ではあるけれど、小柳さんは私を食事に誘ってくれる。でも、それは必ず一週間前には予定を決めてのことであって、こんなふうに当日いきなり声をかけられたという記憶はない。

何よりも、平静を装ったような態度が気になった。「話がある」なんて、かつて言われたことがあっただろうか。

しかし、私の「いや、小柳さん——」という言葉は、レジにやって来た常連さんの「ちょっとお姉ちゃんさぁ」という酒焼けした声に呆気なくかき消された。

天中殺だった。

こんなに何もかもうまくいかなかった日は入社してからもそうはない。

きっかけは、案の定、朝イチでレジにやって来た常連のお客様だ。

「ちょっとお姉ちゃんさぁ。どこ探しても『釣り日和』がないんだよ。昨日ここのスタッフに聞いたら、今日入荷するって言ってたじゃない。何なの？　わざわざこんな時間に来させといてさぁ。そりゃないだろ」

マスク越しにもわかる酒臭い息をこぼしながら、男性はまくし立てた。私は機械のように「申し訳ございません」を連呼しながら、あわてて在庫を調べた。

お客様の言う通り、間違いなく『月刊　釣り日和』は今日三冊入荷している。ベルで小柳さんを呼び戻して、レジを代わってもらい、私は雑誌コーナーに向かった。すると、たしかにあるべき箇所がぽっかりと虫食い状態になっていて、三冊どころか一冊も見当たらない。

私はあわてて雑誌担当の小野寺さんを探した。小野寺さんは一つ歳下の正社員だ。決してやる気に満ちあふれた人ではないけれど、やるべき仕事はちゃんとするし、何よりも店一番と言っていいほど気がやさしい。

用件を伝えた小野寺さんの顔からさっと血の気が引いた。

「そのお客様に今日発売だって伝えたの、たぶん私です。だけど、検品するときはちゃんとあったはずですよ。私、確認した覚えありますから」

「でも、棚に一冊もないんです。今日、早出の棚だしって誰がしました？」

「私以外では、磯田さんと……」

「と？」

「たしか店長」

一瞬、目の前がちらついて見えた。バイトを始めてまだ数週間の磯田さんと、店長。どちらも等しく信頼に値しない。

私は先に棚の整理をしていた磯田さんをつかまえた。用件を伝えてもすぐには要領を得ないという顔をしていたが、どうやら疑われていると勘違いされてしまったらしい。ただでさえ磯田さんは若くしてプライドが高いという触れ込みだ。心外だというふうに目を釣り上げ、断固として自分じゃないと否定してくる。

そんな場合じゃないと思いながら謝罪して、今度はバックヤードの店長をつかまえた。朝から誰かと楽しそうに電話している店長に「受話器を外せ」とジェスチャーで指示して、用件を告げる。

さすがに店長の方は質問の意味をすぐに悟ったが、次に見せた反応は磯田さんとまったく同じものだった。

「なんですか？　谷原京子さんは私のことを疑ってるわけですか？　そんな雑誌、私は絶対に触ってませんよ。そもそもそんな雑誌が存在してることもこの瞬間まで知りませんでした」

それはそれでどうかと思ったが、いちいち指摘している場合じゃない。手で押さえていた受話器に顔を戻し、再び話し始めた店長に苛立つ気持ちをグッと抑え、私はバックヤードをあとにする。

「とにかくどこかにはあるはずです。一緒に探しましょう」

売り場に戻って、私が小野寺さんの肩に手を置いたとき、しびれを切らしたお客様がつかつかと歩み寄ってきた。

顔は茹でたばかりのタコのように赤くなり、怒りで目が血走っている。それでも一つだけ幸いだったのは、昨日「明日発売です」と告げたスタッフが小野寺さんだということを、お客様が完全に忘れていることだ。

「いつまで待たせれば気が済むんだ！」

怒声が、さわやかな朝の空気を打ち消した。「申し訳ございません！」と、そろって頭を下げた私たちに、さらなる大声が降ってくる。

「お前らが今日発売だって言うから、わざわざこんな朝っぱらに来てやったんだぞ！　それをなんだ！　こんなに待たせやがって。お前らにはプロ意識が足りてない！」

私も小野寺さんも学生時代は文系の部活に所属していた。理不尽な監督や先輩に頭ごなしにしぼられるという経験をしたことがないし、とくに育ちのいい小野寺さんはこんなふうに叱られたことさえないだろう。

「あの、ほ、ほ、本当に申し訳ございませんでした。いますぐ探しますので」

小野寺さんの声が涙でかすれた。お客様はつまらなそうに鼻を鳴らす。こちらに非があることは充分すぎるくらいわかっていたが、生理間近の私は苛立った。

　この手のお客様は、下手に出ればどんどん増長していくものだ。怒ることに酔いしれ、働いていた頃に取った杵柄なのか、気分良さそうに説教を垂れてくる。喚こうが、叫ぼうが、ないものは探すしかないはずなのに。

「もういい！　他に行く！　こんな店、二度と来るか！」

　このお客様は過去にも四回は同じようなことを言っていた。もちろん、だからといって来なくなることはなく、いまも律儀に月、水、金と、欠かさず開店と同時にやって来る。それにもう一つ、このタイプのお客様にはある決まった傾向がある。

　店内の不穏な空気をさすがに感じ取ったのだろう。店長があわてて飛んできた。他のスタッフから事情を耳打ちされると、店長は大げさに仰け反る仕草を見せ、名刺を差し出しながら「このたびは我々の不手際で申し訳ございません」と、腰を折った。

　さっきと同じようにつまらなそうに鼻を鳴らしながら、しかしお客様の表情がかすかに和らぐのが私にはわかった。

「やっと話のわかるヤツが出てきたな」

　わかっている。「やっと男が――」という意味だ。

「申し訳ございません」

「どうなってるんだよ、お前の店は」

「本当に申し訳ございません」

「謝るのはもういい」

「必ず本日中にご本はご用意いたしますので。もしお客様のお許しが得られるのなら、ご自宅までお届けいたします」

「いやいや、そこまではしなくていい。明日までに用意できるのか？」

「はい。系列店の力を借りてでも、必ず」

「じゃあ、また明日の朝取りにくる」

「重ね重ね申し訳ございません」

「だから謝罪はいいって言ってるんだ。あんた見てると働いていた頃を思い出すよ。スタッフの教育には苦労するよな」

「ええ、本当に」

「お互いにな」

男性はそう言い残すと、店長の肩に手まで置いて満足そうに去っていった。そのとき、私はどんな顔をしていたのだろう。

ガルルルッと、のどが音を立てていた。今度はその私の肩に、店長が手を置いてきた。「大丈夫だから。全部わかってるから。困ったことはすべて俺(おれ)に任せておけ」といった知ったような表情が、かんに障って仕方がない。こんな店、マジでもう辞めてやる！

私がそんなことを思うとき、必ず助けてくれる人がいる。

「ちょっと谷原ぁ」

カウンターのパソコンを見つめながら、のんびりした声で呼ぶのは小柳さんだ。私は店長の腕を振りほどくようにして、お客様のいないレジに向かう。

小柳さんは私を一瞥(いちべつ)もせず、パソコンのモニターを指さした。そして「殺人事件なんかじゃないよね。実際に書店で起きるミステリーなんてこんなもんだよ」と、淡々と口にする。

画面には小野寺さんと磯田さん、そして店長の三人が映っていた。表示されている時刻は、付録の多い雑誌の棚だしをする早出時間帯、八時四十六分――。三人は言葉を交わさず、黙々と仕事をこなしている。

万引き犯を探す目的以外で、防犯カメラの映像を見るのははじめてだ。仲間たちの仕事ぶりを観察するようで、胸にかすかなうしろめたさが芽生えたけれど、そんなものあっという間に吹き飛んだ。

粗い映像の中の店長が、思い出したように立ち上がった。右手に何かを持ったまま、何者かに導かれるようにふらふらと歩き出し、どこかへ消えていく。

店長が画面からいなくなった瞬間、小柳さんが次の映像に切り替えた。夢遊病者のような足取りの店長は、ある棚の前で不意に立ち止まった。手に持った何かを棚の本の上に置き、近くから一冊の本を抜き取った。

タイトルまでは読み取れなかったが、書影にはハッキリと見覚えがある。一気に脳裏を過ぎったのは、部下の教育がうんちゃらという先ほどのお客様とのやり取りだ。

「あったよ」という声に我に返り、ゆっくりと顔を上げる。小柳さんが手に持っていた三冊の雑誌を掲げた。

「自己啓発本の棚に。ご丁寧に三冊とも」

カウンターに置かれた雑誌が揺れて見えた。怒りからいまにもこぼれそうな涙を懸命に堪えていたら、朝礼時の光景が目の前にまざまざとよみがえった。

軽薄な笑い顔、中身のない話、みんなを苛立たせる態度と声、そして自慢げに掲げられた自己啓発本……。

竹丸トモヤに告ぐ！

『能力不足の店長に力を授ける、一介のスタッフの心得　77選！』ならいますぐにでも読んでやるよ、バカヤロー！

散々な一日だった。結局、残業するハメにもなり、夕方に上がった小柳さんに遅れる旨をメールして、呼び出された新宿三丁目の洋食屋さんには二十時過ぎに到着した。

小柳さんは一人でワイングラスを傾けていた。レストランのセレクトも、黒い襟高のブラウスも洗練されすぎていてうっとりする。

いつも通りのジーンズにダウンコートという格好が急に場違いな気がして、一瞬、私は気後れしそうになった。

いや、普段だったら間違いなくあたふたしていた。でも、私に気づいて「おーい、谷原ー」と手を振ってくれた小柳さんの姿がまるで女神様で、私は安堵しすぎて涙をこぼした。

「小柳さん！」

絶対に愚痴は言うまいと決めていた。今日は私がぼやく日ではなく、小柳さんの「話」を聞いてあげる日だ。

そう思っていたはずなのに「おつかれ。どう？　私が帰ってからも大変だった？」と尋ねてきた小柳さんの笑顔があたかも菩薩様のようにツヤツヤしていて、私はガマンしきれなかった。

「すみません、小柳さん。小柳さんの話を聞く前に二つだけ愚痴っていいですか？」

「うん。何個でも」

「いや、二つでいいです。一個は、まぁ私が悪いんですけど――」

重いため息が勝手にこぼれる。小柳さんが上がった直後、夕方にあった出来事だ。ちくわを挟んだパンをバックヤードで貪っていた私のもとに、アルバイトの磯田さんがやって来た。

「あ、おつかれさまです」と、今朝のことを謝らなきゃと思いながら挨拶した私に、磯田さんはいきなり食ってかかってきた。

「すみません。今朝のこと、きちんと謝ってもらえませんか？」

「え……？」と面食らった私にかまわず、磯田さんはさらに気色ばむ。

「私、疑われましたよね？　なんの確認もされずに、頭ごなしに」

「いや、疑ったなんて……。違います。まさにその確認をしようと思っただけで」

「私、このままうやむやにして谷原さんと仕事していくことはできません」

「ちょっと待ってください。そんな、大げさな……」

「大げさですか？　私は屈辱的でしたよ。こんな思いをしたのははじめてです。私、こんなことなら谷原さんとは——」

磯田さんの言葉が不意に途切れた。言い返したいことはたくさんあったが、私は磯田さんの視線の強さに圧倒された。もともと謝るつもりでいたのだからと自分に言い聞かせて、私は「申し訳ありませんでした」と頭を下げた。

小柳さんは同情するように眉（まゆ）を下げた。

「それは、ちょっと災難だったねぇ。あの子、学生なんだっけ？」

「いえ、大学はもう出てるみたいです」

「そうか。たしかにちょっと迷いのない感じの子だもんね。私もあんまり話したことないからうかつなこと言えないけど」

小柳さんのフォローは心に染みたが、それでも磯田さんの件は勘違いさせてしまった私の方にも非がある。本当に腹が立つのはもう一つの方だ。

今朝、二日酔いで悶え苦しんだことをすっかり忘れて、私は注文したビールをぐいっとあおった。店でお酒をのむ女のスタッフは、小柳さんと私しかいない。

泡で濡れた口もとを拭って、私は小柳さんの目を強く見据えた。

「『顔むくんでない？』って、面と向かって言われたんです。帰り際に」

「え、何が？　誰に？」

「店長にですよ。あのバカ店長、悪びれもしないで、今朝のことなんて忘れてるみたいに。私はバイトの子の悪意にさらされて苦しんでたのに。ヘラヘラと笑いながら……」

呆然とした様子の小柳さんの鼻がひくひく動いた。大ファンだから知っている。大笑いするときの前兆だ。

案の定、小柳さんはテーブルを叩いて笑い出した。店にいるときの儚げな雰囲気がウソのように品のない声を上げ、顔をくちゃくちゃに綻ばしている。

「ちょっと、もう！　笑ってる場合じゃないですよ！」などと文句を言いながら、私は嬉しくてたまらなくなる。

「いや、ごめん。そうだよね。いやぁ、でも店長も間が悪いなって」

「ホントですよ。ホントにあのバカ店長！」と不満をぶつけながらも、私も一緒になって笑ってしまう。

ああ、これなんだ……と、私はあらためて思った。本当は「店長がバカすぎるからもう辞める！」とくだを巻こうと思っていた。こうして一人でも理解者がいるのなら、私はどんな理不尽にも耐えられる。

二人で笑うだけ笑って、ようやく少し落ち着いて、私はビールをもう一口舐めて、敬愛する先輩の顔を見つめた。

「で、小柳さんの話ってなんですか？　ずいぶんあらたまってましたけど」

なんとなく予想はついている。前からそんなウワサがあった。山本店長がはじめて店長になったのは三十五歳のときだったという。その山本店長よりはるかに優秀な小柳さんだ。明日から店長になったとしても、早すぎるということはない。もちろん私は手放しで祝福する。きっと素敵な店を作るだろう。

本当は山本店長を追いやって、小柳さんに本店の店長になってもらうのが理想だけれど、そこまで贅沢は言えない。でも、どこの店舗に行こうとも、必ず連れていってもらうつもりだ。それが叶わないというのなら、何度でも異動願いを出してやる。

私はニヤニヤしていたが、小柳さんの顔からは笑みが消えた。この段に至っても、私は自分の勘違いに気がついていなかった。

小柳さんは自分に言い聞かせるようにうなずき、私に目を向けた。そのまっすぐな視線にはじめて怯みそうになって、私は小さく息をのんだ。

「ごめんね、谷原。私、会社辞めることにした」

「え？」

「昨日、とりあえず店長だけには報告しといたよ」

私はすっかり忘れていた。朝起きたときからいまに至るまで、いいことなんて一つもなかったではないか。

ああ、そうだ。今日は天中殺だったのだ。

二人でのみにいった二週間後、私が誰より尊敬し、所作のすべてに憧れた小柳真理さんが呆気なく会社を辞めた。

本人が固辞して送別会は開かれなかったし、最後まで口止めされていたから、スタッフから寄せ書きを集めることもできなかった。

小柳さんが辞める旨は、最終日、朝礼で店長の口から伝えられた。

「ええ、突然ではありますけど、長くこの店を支えてくれた小柳真理さんが本日をもって〈武蔵野書店〉を離れることとなりました。一身上の都合です。さみしいですけどね。みんな笑顔で見送ってくれたらと思います」

こんな日まで軽薄な店長の話を、私は憮然(ぶぜん)と聞いていた。本人に聞かされるまで、私は何も知らなかった。本部の部長と小柳さんが、もう何年も不倫していたことも。それに気づいた奥さんが会社に乗り込んできたことも。奥さんが持っていた包丁が、なんの関係もない専務の腕をかすめたことも。その騒ぎを会社全体で揉み消したことも小柳さんより先に部長が退職していたことも……。小柳さんに直接聞かされるまで本当に何一つ知らなかった。

話を聞きながら思い出したのは、つい最近、小柳さんが書いたある小説のＰＯＰだ。名前も聞いたことのない小説家の、ほとんど売れていない作品を、小柳さんは一人で丁寧に売っていた。

『モラルに反する。そんなこと充分わかってる。それでもその男の腕に飛び込むしかなかった彼女の生き方を、覚悟を、私は肯定してあげたい――』

小柳さんが薦めているならばと、興味はなかったが読んでみた。なんの変哲もない不倫小説だった。あっと驚くミステリー的な仕掛けもなければ、新しい価値観が提示されているわけでもない。

おもしろさが全然わからなくて、私は「ホントにそんなに良かったですか？　私がガキすぎてわからないんですかね」と、自嘲しながら小柳さんに質問した。小柳さんは答えづらそうに肩をすくめて「たぶん谷原が正しいよ。たいした小説じゃないかもね」と答えていた。

部長との不倫と、その顛末をすべて明かしてくれたあと、小柳さんはやけにさっぱりした表情でつぶやいた。

「さすがにもうここにはいられないからさ。っていうか、もうこの会社にいる意味がなくなっちゃったから」

私は何も言うことができなかったし、何を感じればいいのかもわからなかった。いや、本当は胸にモヤモヤとした気持ちはあったのだ。
ただ、あの日の私はその正体が何なのか、判断することができなかった。

小柳さんが店を去っても、日常は何も変わらない。毎朝大量の本が送られてきて、たくさんの返本をする。版元に望んだ本は一向に入ってこないで、取次という出版流通の会社からはいらない本ばかり送りつけられてくる。

仲のいい人のいない慣れた職場というのは、思考停止するには最高の環境だ。私は目の前の仕事を粛々と、いつになくミスなくこなしながら、いつも一人でイライラしていた。

あの夜、小柳さんに感じたモヤッとしたものの正体が何なのか、いまならハッキリと理解できる。

私が感じたのは、間違いなく「怒り」だった。自分を尊敬してやまない後輩に対して「この会社にいる意味がなくなった」という言い分は、あまりにも失礼じゃないか。私が小柳さんの一挙手一投足に憧れていたことを、当然知らない人じゃないはずなのに。

小柳さんが日常からいなくなって、本当にいろいろなことを考えた。どれだけポジティブに物事を捉えようとも、結局いつも同じ答えに辿り着く。自分こそここにいる意味がない。もう辞める！　そう息巻いてみたところで、止めてくれる人はどこにもいない。

書店員としての限界も感じていた。自分がいいと思って、一生懸命仕掛ける本はなかなか売れない反面、ベストセラーは置いておくだけで捌(は)けていく。

事実、先週発売された大西賢也先生の新作『早乙女今宵の後日談』は、私の感想などおかまいなしに飛ぶように売れている。毎日のように新しい発注書を書きながら、私は自分がここにいる意味を考える。置けば売れていく本のために、自分はここにいるのだろうか。

この日も、一人のお客様が大西賢也の新刊を求めてレジにやって来た。

「どこを探しても見当たらなくて」

そう細い声で尋ねてくるお客様を、私は知っている。心の中で「マダム」と呼んでいる、おそらく五十代の品のいい女性だ。

月に一、二度ほど来店されては、小説や雑誌を中心に何冊か買っていく。セレクトのセンスがいつも素晴らしくて、私はマダムがレジにいらっしゃるのをいつの頃からか楽しみにするようになっていた。

でも、こんなふうに声をかけられるのははじめてだ。おそらく〝天然〟であるということもはじめて知った。

「あ、こちらです」と、バイトの子にレジを代わってもらって、私はマダムを売り場に案内した。

そこに辿り着くまでのいくつもの棚に『早乙女今宵――』は表紙が見えるように置かれてあったが、私はあえて入り口そばの、一番大きく展開している売り場に案内した。マダムがさっきこの場所を入念にチェックしていたのを見ていたからだ。

たくさん積まれている中から一冊を抜き取ると、マダムはポカンと口を開いて、すぐに頬(ほお)を赤らめた。

「ヤダ。私、さっきずっとここ見てたのよ」

「あはは。そういうことってありますよね」

「なんか恥ずかしいなぁ。私こういうところ抜けてるのよね」

「大西賢也先生がお好きなんですか？」

「え？」

「以前にも単行本を購入されていましたよね。こういう売れ筋の本も読まれるのかって、記憶に残ってて」

私は思いきって打ち明けた。マダムらしい文庫本中心のラインアップの中で、大西賢也先生の新刊はいつも異彩を放っている。

それに気づいてはいたけれど、こんなふうに口に出すのはルール違反だ。会話を求めているお客様ならいざ知らず、以前した買い物の内容まで知られているなんて、気持ち悪いに決まっている。

それでも、私は尋ねたかった。もうどうせ辞めるのだからと、捨て鉢な気持ちもどこかにあった。

マダムは柔らかく微笑(ほほえ)んだ。

「大ファンなのよ」

「意外な気がします。いつも読まれている本とは少し色合いが違いますよね」

「やっぱり書店員さんってすごいのねぇ。そんなふうに客がいちいち何を読んでるのか把握してるの？」

「すべてのお客様のというわけではありませんが」

「あなた……、名前は谷原さんっていうのね。谷原さんは大西賢也のデビュー作って読んだことある？」と、マダムは『谷原京子・文芸担当』と記された私のネームプレートを見つめながら尋ねてきた。

一瞬、私は言葉に詰まった。書店員として試されているような気がしたからだ。でも、いくら言葉に詰まったところで、読んでないものは答えようがない。そもそも私は大西賢也のデビュー作が何なのかもわかっていない。

「いえ、すみません」

力なく首を振った私を目を細めたまま見つめ、マダムは小さく息を吐いた。

「良かったら読んでみて。私にとって大切な本なの。たしかに最近の大西賢也は少し行き詰まっている気もするけど、いつかまたすごいものを書いてくれるって信じてる。それがファンの役目じゃない？」

マダムは一時間ほどかけて店内を回り、大西賢也の新刊をはじめ六冊の本を買っていった。その中に例の不倫小説があった。私が早く撤去しなきゃと思いながら、小柳さんとの思い出まで奪われる気がして置き続けていたＰＯＰを見つめ、最後は何かを諦めたように手に取った。

「これって、そんなにおもしろいの？」

レジで会計をしている間、マダムは尋ねてきた。どうやら推薦文を私が書いたものと勘違いしたようだ。

「あ、いえ、それは私の先輩が書いたものでして」

「あら、そうなの？　じゃあ、谷原さんは読んでないんだ？」

「はい。勉強不足ですみません」

私は思わず口走った。これから買ってくれようというお客様を前に、まさか「私はおもしろいと思わなかった」とは伝えられない。

その代わり……というのはおこがましいけれど、私はマダムの言っていた大西賢也のデビュー作を購入した。『幌馬車に吹く風』というタイトルに聞き覚えはなく、奥付を見ると文庫の初版が発売されたのが二十五年前、四刷という表記があった。

もちろん重版しているのは素晴らしいことだけれど、いまや文壇のトップともいえる大西賢也のデビュー作として「四刷」は少しさみしい。

何よりも私は裏表紙のあらすじが気になった。「探偵」や「バーボン」、「孤独」に「葉巻」なども、出てくる単語が私のイメージするハードボイルド小説そのものなのだ。少なくとも、いまの大西賢也の作風とは似ても似つかない。

私は仕事を終えると、店から歩いて五分ほどの〈イザベル〉に向かった。集中して本やゲラを読みたいときに訪れる喫茶店だ。充満するタバコの煙は嬉しいものではないけれど、同年代のカップルたちの熱に当てられるオシャレなカフェよりはずっといい。

店内はめずらしく混んでいたが、首尾良く、お気に入りの窓際の席に案内してもらえた。いつもの黒豆ココアを注文し、購入したばかりの『幌馬車に吹く風』を開く。あまり得意とは言えないハードボイルドに臆する気持ちはあったが、意外にも言葉がすっと入ってきた。

いや、最近の大西賢也よりもはるかに柔らかい文章に私は面食らった。内容はハードボイルドそのものだ。だけど、いまのような男臭さがあまりない。そんなことを思ったとき、私ははじめて大西賢也の決めつけるような文章が苦手なのだと知った。女ってこういうもんだろ？　恋愛ってこういうものだろ？　おもしろい小説ってこうだろう？　そんな一方的な押しつけが嫌いなのだ。

一気に「プロローグ」と「第一章」を読み終えたとき、私は本を閉じた。最初のページに戻って、一から読んでいく。本当にいい本に出会えたとき、私は決まってそうしている。

久しぶりに意識が現実に引き戻されて、さらに混雑している店内に目を向けたとき、私はある異変に気がついた。大きな柱に隠れるように、アルバイトの磯田さんが一人で座っているのである。

いつからいるのだろう？　自分より先に来ていたのか、あとから来たのか？　彼女の方は私がいるのに気づいているのだろうか？

様々な「？」を押しのけるようにして、憂鬱（ゆううつ）な思いが胸に巣くう。磯田さんとは例の『月刊釣り日和』紛失未遂事件が起きた日以来、気まずい状態が続いている。もともと積極的に口を利く関係ではなかったが、最近は視線さえ合わせようとしてくれない。そっぽを向かれたまま「おつかれさまです」と言われるとき、私はどう対応していいかわからなくなる。

目の前の小説に途端に集中できなくなった。なんとか先に帰ってくれることを願っていたけれど、それよりも先に尿意が限界に達してしまう。

必死に気配を消しつつ、磯田さんの存在になどまるで気づいていないふうを装いながら、私は慎重にトイレに向かった。

そして用を済まし、席に戻ろうとしたときだ。今度はハッキリと違和感を抱いた。こちらに向けた磯田さんの背中が小刻みに震えている。

はじめは一人で笑っているのかと思ったが、そうじゃない。席に戻り、気になって顔を上げると、磯田さんはハンカチで目を拭っていた。何よりも私が驚いたのは、磯田さんが読んでいる本だった。

「あっ……」という声が思わず漏れた。ざわざわした店の中で、その声が聞こえたわけではないはずだ。でも、磯田さんは吸い寄せられるようにしてこちらを向いた。

その表情を見れば、磯田さんが私のいることに気づいていなかったことは明白だった。怪訝そうに眉をひそめ、ポカンと口を開いた直後、磯田さんはあわてて本を閉じた。磯田さんが読んでいたのは、私がゲラを読み、あまりの良さに熱っぽく書いた推薦文が帯に使われた、あの文庫本だった。

お互いが存在に気づいてしまった以上、無視するわけにはいかなかった。覚悟を決めて私の方が席を立ち、磯田さんのもとに向かう。

「この店にはよく来るの?」

磯田さんは気まずそうに視線を逸らし、小さな声で「いえ、べつに……」と口にした。私はため息を一つ漏らし、許可も取らずに向かいの席に腰を下ろした。そしてテーブルの上の文庫本に手を伸ばす。

「いいよね。この本」

気まずそうな磯田さんの手前、触れないであげるのがやさしさかもしれないけれど、私は本の話をしたかった。

不満は少なくないけれど、私が今日まで〈武蔵野書店〉を辞めないでこられたのは、スタッフに本の虫が多いからだ。書店だからといって、それが当たり前でないことを私はもう知っている。そしてお互いの好きな本の話をしていれば、とりあえず目の前の問題はうっちゃっておけるという持論がある。

磯田さんは顔を上げようとしなかった。私もそれ以上口にせず、辛抱強く待ち続けた。先に諦めたように息を吐いたのは、磯田さんの方だった。

「谷原さん、辞めるってホントですか？」

「うん？」

「ウワサしてる人がいるんです。谷原さんも辞めるんでしょって。小柳さんとすごく仲が良かったからって」

磯田さんを磯田さんたらしめる、迷いのない表情だったが、私は怯まなかった。誰がウワサしているかも興味がない。ここ最近の周りを寄せつけない態度から、みんなそう考えるのだろう。

「そうだね。なんとなくもうここにいる意味はないかなって思ってる」

先日の小柳さんの言葉が自然と口をついて出た。「どうしてですか？」と続けた磯田さんの表情に変化はない。私はこくりとうなずいた。

「私はやっぱり小柳さんに憧れてこの会社を選んだから。学生の頃から小柳さんの書く文章が好きでさ。本屋で働きたいとは小さいときから思ってたから、就活のときは迷わず〈武蔵野書店〉を選んだんだ」

「だったら、意味はあるじゃないですか？」

「何？」

「だって、小さい頃から本屋で働きたいって思ってたんですよね？　だったら、べつに小柳さんがいようがいまいがここにいる意味はあるじゃないですか」

「いや、だからそれは……」

「批判してるわけじゃないんです。誰がどこで働こうがその人の自由だって思いますし。だけど谷原さん、ちょっと勝手ですよ。自分ばっかり被害者みたいな顔をして、まさか自分が加害者だなんて夢にも思ってなさそうで。少し傲慢（ごうまん）だと思います」

突然の言われように、私もムッとする。

「ごめん。意味がわからない。どういうこと？」

「べつに。意味とかないですけど」

「いや、言ってくれなきゃわからないよ。教えてもらえないかな」

私はムキになって尋ねていた。磯田さんはふて腐れたようにそっぽを向く。普段の私だったらそれだけで臆していたかもしれないが、憂鬱な思いをはね除（の）けた。

小柳さんがいなくなってからずっとモヤモヤを感じていた。それをこの子が拭ってくれるという確信めいた思いが胸に芽生えた。

磯田さんは唇を噛（か）みしめていたが、しばらくすると意を決したようにテーブルの本に手を伸ばした。

私の名前が帯に入った文庫本を取って、開き直ったように言い放つ。

「谷原さんが小柳さんに憧れたように、谷原さんに憧れて書店員になった人間だっているかもしれないじゃないですか」

「え？」

「社会人になって、会社に馴染めなくて、大人になってまでイジメのような目に遭って、本当に苦しかったときに『空前のエデン』に出会わせてくれた書店員さんがいたんです。〈社会のルールがあなたを幸せにしてくれないのなら、そんなの絶対に社会のルールの方が間違ってる！〉っていう推薦文、私は一言一句覚えてますよ。あのコメントにも、本にも、私は本当に救われました。いつかその書店員さんと会うことができたら、伝えたいと思ってました」

磯田さんが話すのは、私が小柳さんからゲラをもらい、思いのままを書き綴ったコメントがいきなり推薦文に採用された、富田暁先生のデビュー作のことだ。

もちろん驚きはしたけれど、恥ずかしいとは感じなかった。こんなふうに店の誰かに肯定してもらった記憶はない。だからといって、心が浮き立つようなこともない。

気まずさとは種類の違う沈黙が私たちの間に立ち込めた。磯田さんが言っているのは、つまりは私の推薦文によって出会った小説が、彼女の人生を変えたという話だ。そのことに対する驚きを表明するのは違う気がしたし、いまはまだ「傲慢だった」と謝罪するのも正解と思えない。

磯田さんがどんな言葉を求めているかもわからないまま、私はポツリと「私も本に救われたことがあるよ」と口にしていた。

磯田さんの眉間にさっとシワが寄る。私も我に返るような思いがしたけれど、話すのを止めようとは思わなかった。

「もちろん、小柳さんと出会うずっと前。本っていうか、物語にね。うちの実家って、神楽坂の料理屋なの。小さい頃から両親は二人とも遅くまで働いてたし、私は一人っ子だし、当然のように本ばかり読んでた。で、うちの親父がさ……、あ、ごめん、昔いた板前さんの影響で父親のこと『親父』って呼んでるんだけど、親父が日曜だけ普段の罪滅ぼしのようによく神保町の本屋さんに連れてってくれたんだよね。そこに品のいい書店員のお姉さんがいた。もう顔も覚えてないけど、幼心にも素敵な人だと思ってた。そのお姉さんがよく本をセレクトしてくれたんだ。そのときの私よりも必ず一つずつ背伸びした本。楽しかったんだよね。顔の見えない著者に対してではなくて、私は本を読みながらお姉さんと会話してた気がする。書店員という仕事を、物語と読者をつないでくれる素晴らしい職業なんだって、あのときに認識したのを覚えてる」

「いまはそう思ってないんですか？」と、少しの沈黙のあと、磯田さんはあいかわらず憮然としたように尋ねてきた。

「うーん、どうなんだろうね。毎日、毎日、目先のことに忙殺されて、そんなことに気が回らないって感じかな。とりあえず本を読者につなげているっていう感覚はあまりない。私が辞めたとしても、店は普通に回っていくだろうし」

「それは違くないですか？　そういう書店員の自虐めいた話ってよく聞きますけど、そんなの作家さんだって変わらなくないですか。書店員が辞めても店が回るのと同じように、どんな売れっ子さんが辞めたって出版文化がなくなることはないですよ」

「うーん。それはちょっと違うんじゃない？　作家さんが一人辞めたら、もうこの世に出てこない作品が間違いなくあるわけだし」

「違わないと思います。だったら書店員が一人辞めたら、出会うべき作品にお客様が出会えなくなることがあるかもしれないじゃないですか。現に私がそうでしたよ。谷原さんが書店員をしてくれていたから、私は『空前のエデン』と出会えたんです。生き延びることができたんです。それは富田暁さんが作家になってくれたからというのと何も変わらないと思うんです。一人の小説家にしか生み出せないものがあるように、一人の書店員にしか良さを伝えられない作品があるかもしれないし、そうあるべきなんじゃないかって私は思ってます」

いつも以上に力強い、でもどこか懇願するような磯田さんの言葉を反芻したら、胸がトクンと音を立てた。「磯田さんって、ひょっとして文芸書を担当したかったりする？」と、いま聞くべきはそうじゃないと理解しながら、私は尋ねずにはいられなかった。

物語の持つ力の一つは「自分じゃない誰かの人生」を追体験できることだ。いつかそう教えてくれたのは小柳さんだった。他者を想像すること、自分以外の誰かの立場に立つこと。「みんながみんな自分のことしか考えてない時代だもん。一瞬でも自分以外の人間を想像できるなら、それだけで物語は有効でしょう？」と、小柳さんははにかみながら言っていた。

あの頃の小柳さんは、すでに書店員としていろいろなことに絶望していただろうし、つらいこともあっただろう。とっくに始まっていた部長とのことで、本当はすぐにでも会社を辞めたかったのかもしれない。

それでも、私にはそんなこと少しも匂わせることなく、小柳さんはいつだって頼もしく微笑んでくれていた。もし、あの頃の小柳さんが人前で塞ぎ込んだり、ふて腐れたように仕事していたり、周囲を寄せつけない雰囲気を漂わせていたとしたら、私は何を感じたか。少なくとも、辞めてこんなに悲しくなる関係は築けなかったに違いない。

だから私はダメなんだ、書店員として失格だと、痛感せずにはいられなかった。磯田さんの口にした「自分ばっかり被害者みたいな顔をして、まさか自分が加害者だなんて夢にも思ってなさそうで」とは、つまりはそういうことなのだろう。

磯田さんは乾いた唇をこじ開けた。

「私は谷原さんにいろいろなことを教わりたいと思っていました。私が憧れたのは小柳さんじゃなくて、谷原さんだったから……」

後半の言葉はかすれて聞き取れなかった。私は自分に言い聞かせるように何度かうなずきながら、「本当にごめん」と、はじめて謝罪の言葉を口にした。憧れた先輩に「ここにいる意味がない」と言われることのつらさを、それを口にする傲慢さを、私は誰よりも知っているはずなのだから。

磯田さんは小さく首を横に振りながら、ようやく表情を和らげてくれた。私もふぅっと息を吐いた。

この後輩のキラキラをどうにかして守らなくちゃ。私ももっとキラキラしなきゃ――。

おそらくはそんな気持ちから漏れた息だった。

もちろん、見た目には何も変わっていないと思う。私は普通に仕事をしていたし、普通に息をして、普通に仲間たちと接していた。

それでも、心の中は磯田さんと話す日までとハッキリ違っていた。前向きに仕事に取り組む中で、いままで見えていなかったことがたくさん見えた。そのうちの一つは、店長が妙にソワソワしながら、私をよく見ていることだった。

小柳さんに続いて、谷原まで辞めさせるわけにはいかない。そんなことを思っているに違いない。あいかわらずのズレ具合に呆れつつ、今回ばかりは無用な心配をかけてしまった自分が悪いと、あえて元気なところを見せつけた。でも、店長には伝わらなかった。

磯田さんと〈イザベル〉で話した三日後の仕事中、レジに立つ私のもとに足音も立てずにやって来て、店長はめずらしく言いにくそうに切り出した。

「谷原京子さん、今夜って空いてたりしませんか？　聞いてほしい話がありまして」

うわっ、ホントにキタッ！　と内心ジタバタしながら、私は懸命に手を振った。

「いや、店長、大丈夫ですから。私、本当にもう大丈夫なんで。なんかすみませんでした」

「大丈夫って、何がですか？　空いてるってこと？」

「いや、空いてるとか、空いてないとかの問題じゃなくて」

「相談したいことがあるんです。あ、そうだ。私、谷原京子さんの実家のお店に一度行ってみたいと思ってたんですよね。良かったら連れていってもらえませんか？」

「いや、店長。だから私は……」

「私から予約の電話を入れておきますね。すみません。店長とスタッフとはいえさすがに男女で一緒に移動するわけにはいかないので、お店で待ち合わせということにさせてください。十九時には上がれますよね？　申し訳ありませんが、よろしくお願いいたします」

さすがに強く拒否しようとした直後、運悪くお客様がレジに来てしまった。店長は例によって軽薄な笑みを浮かべ、独特のイントネーションで「いらっしゃいませぇ」と口にする。

本当に何もかもズレていた。もう微塵も辞める気のないこのタイミングで、きっと懐柔されるための食事会になど意味はない。そもそも男女うんぬんを持ち出すのなら、実家の店がもっともふさわしくないだろうし、実家の店に行くのならば予約は私の役目であるはずだ。

ため息がひとりでに漏れた。とはいえ、店長の心遣いは身に染みた……なんていうことは微塵もなく、私はただただうんざりした。

それでも、これは自分の蒔いたタネという諦めはどこかにあった。本当は、今日は『幌馬車に吹く風』を一気に読む日にしたかったけれど、私はそれから数時間かけて店長と向き合う覚悟を固めた。

坂の上から冷たい風が降りてくる。メイン通りから一本奥まった石畳……から、さらに数本奥まった場所にある。七年前に亡くなった母の名から採った神楽坂の小料理店〈美晴〉の戸を先に開けたのは、私だった。

店長の予約はたしかに入っているようだが、自分が娘の上司であることや、一緒に行く相手が私ということは伝えていなかったらしい。カウンターに一つだけあった〈ご予約席〉のプレートの前に腰を下ろした私を見て、親父はギョッという顔をした。

店長は五分ほどしてやって来た。手土産を持ってくるでもなければ、愛想良く話すわけでもない。通り一遍の挨拶を親父と交わしたあとは、いきなり熱燗（あつかん）なんて注文し、エイヒレを噛みしだきながら勝手にしんみりのみ始めた。

親父はやりづらそうな顔をしていたが、私は「ただの変わり者。気にしないでいい」と目で訴えた。

幸いにも店は混んでいて、親父はバタバタしていた。店長は私に何か言ってくることもなく、一人でのみに来た客のように黙々とおちょこに口をつけている。

一時間もした頃には、私と親父は沈黙する店長を前に息が詰まりそうになっていて、酒のせいかは知らないけれど店長の顔は変な土色に染まっていた。

店長はいまにも酔いつぶれてしまいそうだった。本当になんのための食事なんだ……？　そんなことを思い、もういい加減帰ってもらおうと思った矢先、店長は唐突(とうとつ)に語り出した。

「谷原京子さん、いまから伝えることは二人だけの秘密にしていただけますか？」

また大げさなことを……と思いながら、私はうなずく。

「はい、なんですか」

「実は私、もう店を辞めようと思ってるんです」

「は？」

「店をというか、会社をですが」

タイミングを見計らったかのように店内に静寂が立ち込める。店長は動じない。

「もちろん、気づいてはいましたよね？　っていうか、ひょっとして相談とか受けてたんじゃないですか？」

「気づいてたって、何に……？　相談？」

「ええ。私が小柳真理さんのことが好きだったって、聞いてませんか？」

「いや、あの……。店長？」

「私、大好きだったんですよ。小柳真理さんのことが。愛していたと言ってもいい。あんないい女はそういません。彼女がいてくれたおかげで、私はハリを持って仕事に臨めていたんです。彼女が私の前からいなくなって、ハッキリとそうわかりました。小柳真理さんのいないあんな店、私にはもういる意味がありません」

いやいやいや……。ちょっと待って、何これ。気まずい、気まずい……。っていうか、えーっ⁉　めちゃくちゃ気持ち悪いんですけど！

顔が引きつるのが自分でもわかった。舟を漕いでいた店長はビクンと身体を震わせて、鋭く私を見つめてくる。その不敵な笑みの浮かぶ瞳の、なんと気持ちの悪いことだろう。

「ええと、あれですか。それって小柳さんには伝えたんですか？」と、まったく興味はなかったけれど、ねちっこい視線を振りほどくためだけに私は尋ねる。

「まさか。でも、思いは伝わってるはずですけどね」

店長は照れくさそうに肩をすくめた。

「なんで？」

「なんでって、らしくないこと聞きますね。だって毎日毎日一緒に働いてたんですよ。彼女は周囲の人間の気持ちがわからない人ではないでしょう？　よく目も合いましたね。思いは伝わってはいたはずです」

何こいつ、超ヤバい奴じゃん――。そんな私の心の声を聞き取ったかのように、店長はくすりと笑う。

「いや、もちろん本当のところはわかりませんよ。私もストーカーじゃありません。好きな女性の気持ちを知っていたかのように話すのは本意ではありませんから。それに、そんなことはもう関係ないんです。現実は、小柳真理さんはもういないということだけであって、私があの店にいる意味がなくなったということだけです」

そう満足げに言い放つと、店長はおちょこのお酒を一口舐めた。再び沈黙が舞い降りる。私はひたすら気まずくて、一杯だけ……と自分自身に言い訳するように、お酌してあげようと徳利を手に取った。

驚いたことに、お酒はほとんど減っていなかった。だとすれば、この酩酊ぶりは、この顔の土褐色は何なのだろう。

「でも、谷原京子さん。私は辞めませんよ」

「はぁ？」

「たとえ辞める日が来たとしても、私は誰かのためには辞めません。辞めることだって、きちんと自分自身で選び取るつもりです」

「ああ、そうですか」

「いい店ですよね。〈武蔵野書店〉。私は誇りに思ってます。みなさんのことが大好きです」

やさしく笑みを浮かべながらつぶやいて、店長はついにおちょこを持ったままカウンターに突っ伏してしまった。

小さな寝息と引き替えに、安堵の空気が立ち込める。親父は肩で息を吐いて「なんだよ、そいつ。超ヤベー奴じゃん」と、私が思ったのと同じようなことを口にする。私は昔から父親似と言われていた。

緊張から解放された瞬間、お腹がギィーッと変な音を立てた。

「ねぇ、親父。なんか作ってくれない。エイヒレしか食べてないんだもん。お腹減った」

「何が食いたい？」

「なんでもいいよ。可能ならメンチカツ。あ、あと、おちょこも一個ちょうだい。なんかお酒余りまくってる」

私はすっかり冷めたお酒に口をつけて、カバンから『幌馬車に吹く風』を取り出した。店長に誘われてさえいなければ、とっくに読み終えていたはずの本だ。

ざわついた店で読めるかな……という不安は杞憂に終わり、店長の寝息も気にならず、気づいたときには私はどっぷり小説の世界に耽っていた。

物語は、端的に言えばハードボイルドの体を装った恋愛小説だった。主人公の私立探偵の妻の目線で描かれることによって、男の悲哀と相反する滑稽さとが、女の強さとずる賢さとがストレートに伝わってきて、だから舞台設定は突飛なはずなのに素直に自分の身に置き換えられ、登場するみんなに感情移入できた。

決して泣くような話ではないのに、クライマックスが近づくにつれ、私は涙を我慢できなくなった。続編を拒むかのように夫婦が不条理な別れを果たしたときには、猛烈な嗚咽をこぼしていた。

　あわてておしぼりで顔を拭ったときには、他のお客さんはほとんどいなくなっていた。店長と親父以外では、先ほどまでいなかった女性が一人、同じように本を開いている。

　店に来る「マダム」と同年代の女性だ。タートルネックのセーターにワイドパンツというラフな服装でありながら、私は「マダム」とは種類の違う、どこか隙(すき)のある女性の美しさに見惚(みと)れてしまった。たったいま読んでいた『幌馬車に吹く風』に登場する「妻」のイメージそのものだ。

　女性もこちらに目を向けてくる。近くの出版社の編集者だろうか。あわてて「誰？」と目で尋ねたが、親父は仕事の手を動かしたまま「知らない」と首だけを動かした。

「ずいぶん古い本を読んでるのね」

　そのキレイな声が自分に向けられていることに、私はすぐには気づけなかった。

「え？　いや……、あの、なんかすみません……」と、突然のことにいつもの挙動不審が出てしまう。女性は目もとを綻ばせるだけで、「ひょっとして好きなの？　大西賢也」とさらに質問を重ねてきた。

　ふと女性の読んでいた本が視界に入った。いつか小柳さんが「良かった」と言っていた古い海外のミステリーだ。

　だから気を許したというわけではないけれど、私はおしぼりで懸命に涙を拭って、おずおずと首を横に振った。

「正直に言うと、これを読むまではあまり好きじゃありませんでした」

女性の顔が怪訝そうに歪む。もしかするとファンなのかもしれないし、担当の編集者じゃないとも限らない。書店員という立場で口にすべき言葉ではなかったけれど、あまりにも『幌馬車に吹く風』が素晴らしかったからこそ、私は言わずにはいられなかった。

「それを読んで少しは好きになったんだ？」という決めつけたような女性の質問に、今度は毅然と首を振った。

「もっと嫌いになりました」

「どういう意味？」

「なんかとても悔しかったです。こんなすごいものが書ける人なのに、どうして最近の作品はあんな感じなんだろうって。どうして編集者さんたちは本気を出させないんだろうって。ムカつきました。もしファンの方だったりしたらすみません」

「いや、私はべつに……」という女性の声は、ほとんど耳に入らなかった。大西賢也先生に限らず、少なくない作家にそう思う。成功作か、失敗作かはどうでもいい。でも、あきらかに手を抜いている人たちがいる。こんなものと勝手に折り合いをつけた著者の心の声に触れるたびに、私は失望させられる。

「ごめんなさい。あなたのお名前をうかがってもいいかしら？　私は石野恵奈子。普通に主婦をしてるんだけど」

「あ、すみません。谷原京子です。本屋で働いています」

「書店員さんなの？」

「はい。あ、でも、その前に――」

この店の一人娘なんですよ。そう言おうとした直前に、店長がむくりと身を起こした。あいかわらず手にしたままのおちょこに口をつけ、それを置くと今度は血走った目で〈美晴〉の箸袋(はしぶくろ)に何やら走り書きし始める。挙動不審もはなはだしい。

店長は声高に叫んだ。

「それ、いいじゃん。それやってみましょうよ！」

「は？　それってなんですか？　ちょっと店長……」

「本を売るために私たちにできることが、もっと、もっと、もっとあるはずだって、私はいつも思っているんです。だから、やりましょう！」

「だから何を」

「大西賢也先生のサイン会ですよ！　たしかに売れっ子作家ではありますが、最初からダメだと諦めずに、根気強く、何度でもオファーしてみましょう。それを意気に感じてくれる人かもしれないじゃないですか！」

一方的に言い放つと、店長は再び寝入ってしまった。どういうつもりか、ふと見た箸袋には石野恵奈子さんの名前が平仮名で綴られている。あいかわらずワケがわからない。意気とか売れっ子とかは関係ない。大西賢也先生のサイン会は絶対に開催できないのだ。

ふと石野さんと目が合った。その弱々しい表情を見ればわかる。彼女は大西賢也先生が覆面作家であることを知っている。

汚い寝顔をこちらに向けて、店長が何やらむにゃむにゃ言っていた。

「絶対にいつか大西先生のサイン会をやりましょうね。だから、あなたまで辞めるなんて言わないでください。お願いしますよ、谷原京子さん。私にはあなたが必要です」

店長に引き留められて、何かを翻意することはきっとない。

でも、いまこの人を一人にできないというかつてなかった不思議な思いが、私の胸の中に小さく芽生えた。

第二話　小説家がバカすぎて

「ああ、谷岡京子さん。例の件、うまくいきそうですからね」

例によって開店前のクソ忙しい時間に、空気も読まず、楽しそうに話しかけてくる店長に腹が立って仕方がない。

人の名前をいまさら間違えるのも何なのだろう。

「あー、そうですか。それはありがとうございます」

私は「例の件」が何なのかわからないまま応答する。それはそうだ。うかつに笑顔でも見せてみろ。朝っぱらから目を血走らせて棚だしをしてくれているバイトの子たちに申し訳が立たないじゃないか。もちろん名前の間違いも指摘しない。

店長はなかなか立ち去ろうとしない。ああ、もう邪魔くさい！　とうんざりしながら一瞥（いちべつ）すると、私の反応のうすいことを悲しがっているようだ。たったいま捨てられた子犬のように、弱々しく眉（まゆ）を垂れている。

下手に荷ほどきを手伝われるのも面倒なので、私はみんなに頭を下げて場所を離れた。猫の手も借りたい時間帯だというのに、バイトの大学生の子たちはそろって同情したような目を向けてくれる。

そうして無理やり話せる状況を作ってあげたというのに、店長の空気の読めなさはいつだって私の想定の上を行く。「例の件ってなんですか？」と尋ねた私に、店長はヘラヘラ笑いながら言い放った。

「あ、それは朝礼のときにみんなに言うから大丈夫です。楽しみはとっておきましょうよ。谷原京子さん、せっかちなんだからぁ」

そう言い残し、店長は自慢げに胸を張って去っていった。眉間（みけん）がぴくぴくと痙攣（けいれん）し、肩がわなわなと震え出す。

もう早速ビックリだ。だったら話しかけてくるんじゃねぇよ！

本当に店長がバカすぎる。

こんな店、マジで本気で辞めてやる！

開店二十分前に朝礼が始まった。いつも通り意味のない、スタッフのフラストレーションがとぐろを巻いている時間。〈武蔵野書店〉で売っている辞書の『朝礼』の項目は、きっと「無意味」という漢字に「ちょうれい」とルビが振ってある。

店長がダラダラと、どこぞの自己啓発本から引っ張ってきたのであろう講釈を垂れるのもいつものことだ。

「いいですか、みなさん。今日はこのことだけ覚えておいてください。当然、私はいつだって胸襟を開いています。ただ、いわゆる〝ホウレンソウ〟にも質はあります。まずは自分の頭で考えて、それから私にぶつけてきてください。ご存じとは思いますが、その結果ミスが生まれたとしても私は泰然自若としていますので」

カリスマ性のない教祖さまが立ち上げた宗教団体はきっとこんな感じだ。最近気づいたことだけれど、どうやら店長は「ご存じとは思いますが」というのが口グセであるらしい。もちろん何もご存じじゃないし、知りたいとも思わない。

その後も、ああだ、こうだとどうでもいいことを気持ち良さそうにまくし立て、先ほどの「例の件」らしきことには、最後の最後に思い出したように触れられた。

「ああ、そしてこれは谷原京子さんのアイディアなのですが、来月、当店でトークショーとサイン会を開催することになりました」

え……？　という私の驚きに呼応するように、店長はしたり顔で鼻に触れる。

「本当は大西賢也さんを呼べないかと画策してみたんですけどね。さすがに〝超〟のつく一流作家さんはなかなか時間が取れないようでして、今回は泣く泣く諦(あきら)めました。で、仕方なく代わりの作家さんにオファーしたんですけど――」

いやいやいや、だから大西賢也がサイン会を開けないのは超一流とかいう理由じゃないんだって。覆面作家だからって言ってるでしょう。そもそも「仕方なくオファー」とか言われている作家の身にもなってみろ。どうせあんたの好きな自己啓発系の著者だったりするんだろ！

私は胸の中で毒づいた。店長はなぜか私を一瞥して、不敵に微笑(ほほえ)んだ。

「来月の新刊の発売に合わせて、富田暁先生がご来店されることになりました」

「え……？」という声が今度こそ漏れた。キャーッと奇声を上げたのは、最近、私の強い推薦で晴れて文芸担当に仲間入りしたアルバイトの磯田さんだ。他のスタッフは「ふーん」という顔をしているけれど、私たち二人は富田先生の『空前のエデン』の熱烈なファンである。

磯田さんの奇声に気を良くして、店長はさらに余計なことを口にした。

「大西先生ほどじゃないにしろ、富田先生だってそれなりにお忙しい方です。くれぐれも粗相のないように。可能なら何冊か読んでおいてもいいかもしれませんね」

みんな反応に困っている。中にはあきらかに「谷原、余計なことしてんじゃねぇ」という不満も混ざっていた。

それは私も同じだった。もちろん、富田先生がいらっしゃるなんてすごいことだ。何度となく読み返した自宅の『空前のエデン』にサインを入れてもらいたいし、聞いてみたいこともたくさんある。でも、手放しで喜んでいればいいとは思えない。

前方にいた磯田さんがちらちらと目配せしてきた。その顔は興奮からかすっかり赤く染まっている。

憧れた小柳さんが店から去って、一度ぶつかり合って以来、磯田さんはこの店で私の一番の理解者だ。彼女が私を理解してくれているのと同じように、私もまた彼女の考えていることがよくわかる。

私は磯田さんを見返して、一度だけうなずいた。仕事が終わったら〈イザベル〉で……というメッセージを、磯田さんはきちんと受け止めてくれた。

夕方、残業してから〈イザベル〉に向かうと、磯田さんは熱心に文庫本を読んでいた。買い直したのだろうか。真新しい『空前のエデン』の表紙が見えている。

「ごめんね。最後の最後にお客様から大量の図書カードをのし付きで包装してって頼まれちゃって。めちゃくちゃ疲れたよ。あ、私は黒豆ココア」

水を持ってきてくれた店員さんに注文して、はじめて私は磯田さんも同じものを飲んでいることに気がついた。

磯田さんはどこか嬉しそうに顔を緩める。それを見て私はグッと気を引き締める。もちろんこうして仲良くなれたことも、懐いてくれることも素直に嬉しい。だけど、小、中、高と、いっさい体育会系の環境を経験してこなかった私にとって、後輩とのつき合いというのはなかなか難易度の高いものだ。

店でも得意なのは先輩とのつき合いだ。大好きだった小柳さんはもちろん、超面倒くさい店長ですら、年上というだけで言いたいことを遠慮なく言っていられる。

「いえいえ。久しぶりに『空前のエデン』を読み返せて良かったです。図書カード、おつかれさまでした。言ってくれたら手伝ったのに」

「ううん。ご注文いただいたのもちょっと面倒そうな女性だったから。磯田さんを巻き込むわけにはいかなかったよ」

「そんな。これからはなんでも言ってくださいね」

「うん。ありがとう。そんなことより大変なことになっちゃったよね」

「富田先生のことですよね？　そうですよ！　私、全然知らなかったから、思わず声が出ちゃったじゃないですか。谷原さん全然教えてくれないんですもん」

「私だって知らなかったんだよ」

「そうなんですか？　店長、谷原さんのアイディアだって言ってたじゃないですか」

「知らないよ。なんか勘違いしてるんでしょ」

「そんなことってあります？　っていうか、谷原さん、すみません。ちょっとその件で先に質問したいことがあるんですけど、いいですか？」

磯田さんが覚悟を決めたように尋ねてきた。やりづらそうな表情を見るまでもなく、ろくでもないことを聞かれるのは予想がつく。それでも「イヤだ。聞かないで」と断ることが私にはできない。嫌われたくないからだ。

「うん、何？　緊張するな」

私をうかがうように見つめながら、磯田さんはポツリと切り出した。

「店長と谷原さんって、何かありました？」

「はぁ？　何かって、何？　どういう意味？」

「だって、おかしいですよ。私と谷原さんがはじめてここで話をした頃くらいから、店長の谷原さんを見る目があきらかに変わりましたもん」

「どんなふうに？」

「なんていうか、とりあえずしょっちゅう谷原さんのこと見てますよね？　なんか色目を使っているっていうか、二人だけの秘密を共有し合ってるっていうか」

今度こそ絶句する。何も口にできなかった。ただただ軽蔑の目を磯田さんに向けて、私はため息を押し殺す。

「それ、本気で言ってる？」

ようやくしぼり出した言葉に、磯田さんは「だってぇ」としなを作った。だってぇ、じゃねぇぞ。そんなキャラじゃないだろ！　という叫び声ものみ込んで、私は笑みを取り繕う。

「うん、だって、何？」

「みなさんもウワサしてますよ」

「みなさんって誰？　ウワサって何？」

「そんなのスタッフのみなさんに決まってるじゃないですか。店長と谷原さんの間に何かあったっていうウワサです。私だって話しやすいことじゃないんです。こんなこと何度も言わせないでくださいよ」

そうそう、これでこそ磯田さんだ。開き直ったように逆ギレしてくる後輩に、私は頼もしさを感じずにはいられなかった……なんてことがあるはずもなく、私は悔しさを通り越して泣きたくなった。

「ねぇ、勘弁してよ。店長だよ？」

懇願する気持ちは、この迷いのない後輩に伝わってくれるだろうか。

「それはわかってるんですけど」

「あり得ないって。店長との間に何かあるなんて、考えただけでムカムカする。そのあらぬ嫌疑を自分にかけられたとしたら、磯田さんならどう思う？」

物語の持つ力の一つは「自分じゃない誰かの人生」を追体験することだ。だから当然、小説好きには他人の考えを想像できる人が多い。いつか小柳さんが言っていた。それなのに、なぜだろう。どういうわけか私の周りの小説好きには、他者をまったく想像できない、頑固な人が多い気がしてならない。

「地獄です」

とはいえ、さすがに今回ばかりは磯田さんも自分の身に置き換えて考えてくれたらしい。

磯田さんはしぼり出すように口にした。私は念を押して「でしょ？　あのね、そんなの本当にあり得ないから」と繰り返した。あの量販店で売られているような安っぽい笑顔を思い浮かべるだけで、口いっぱいに酸っぱさが広がる。

ハッキリ言って、磯田さんの言葉は人権侵害以外の何ものでもない。もしそんなウワサが本当に広まっているのだとしたら、私はいよいよあの店にいられなくなる。そう思う一方で、思い当たる節もある。もちろん、実家〈美晴〉での一件だ。

正確には〈美晴〉で抱いた店長への気持ち、この人を一人にはさせられない……という、出来心としか説明のつけられないあの日の思いが、いまの私をこれ以上なく憂鬱にさせる。

「もう二度とそういうこと言わないでね。少なくとも私の方には何もないし、店長にも何もないはずだから。お願いだから気持ち悪いこと言わないで」

これ以上くだらない質問は受けつけないと、私は首を振った。磯田さんはしゅんとして「すみません。もう言いません」と謝ってくれた。

昂ぶった気分を鎮めるために、ココアを多く口に含んで、私はふぅっと息を吐く。

「店長が何を勘違いしているのか知らないけれど、富田先生が来てくださるっていうのはすごいことだよね」

磯田さんの表情が明るく弾けた。

「そう、それだっておかしいんですよ。どうしてたくさんいる作家さんの中から、店長はわざわざ谷原さんとつながりのある人を呼ぶんですか。二人の間に何かあったと思う方が自然じゃないですか」

「磯田さん？」

「はい。ごめんなさい。もう言いません」

「私は絶対に店長に何も言ってないから。それにもし私が自由に誰かを呼べるとしたら、たぶん富田先生じゃなかったよ」

「そうなんですか？　どうして？」

「べつに理由なんてないけど」

「だって『空前のエデン』の推薦コメント書いてたじゃないですか。思い入れのある作家さんなんですよね？」

「まぁ、そうだね。思い入れはもちろんあるけど」

「じゃあ、なんで？」

「だから、なんだろう。思い入れっていう意味では他にもいっぱい作家さんがいるし、富田先生とは面識があるわけでもないし」

磯田さんは怪訝（けげん）そうな表情を隠そうとしなかったし、私自身も歯切れが悪いことはわかっていた。

磯田さんの言うとおり、もちろん富田暁先生に思い入れはある。小柳さんにゲラをもらって、無我夢中で書いた『空前のエデン』の推薦コメント。それが版元の制作する帯とＰＯＰに採用されたことが〈武蔵野書店〉でのいまの私の立ち位置を決定づけてくれたし、文芸担当としての誇りも、自信も、相反する実力不足であるという痛烈な自覚も、すべてまとめて植えつけてくれた。

『空前のエデン』は、掛け値なく傑作だったと思う。家族の、学校の、社会のルールに馴染めない三人の女子高生が主人公のこの物語に、私は共感せずにはいられなかった。

とうに使い古されている「スクールカースト」といった紋切り型のキーワードを徹底的に排除していて、だけど描かれているのはそれぞれが生きている小さなサークル内での圧倒的な息苦しさで、私はそうした描写にいちいち同時代性を感じてしまった。息苦しさに時代性を感じることを、生まれてはじめて不安に思った。

一方で、そんな気づきを与えてくれ、その名状しがたい感情を言葉にしてくれたのが同い年の小説家であることに、言いようのない安心感も抱いた。富田暁という小説家を世間に知らしめることは、少しだけ早く出会うことのできた書店員としての自分に課せられた、一つの使命だったように思うのだ。

『社会のルールがあなたを幸せにしてくれないというのなら、そんなの社会のルールが間違ってる！　富田暁という新しい時代の小説家が、その理由を美しく解き明かしてくれている。』

そんなコメントを小柳さんに渡したのもすっかり忘れていた、一ヶ月後、後半部分はバッサリ削られ、前半部分も少し手の加えられた文章の印字されたＰＯＰを、版元の営業担当さんが持ってきてくれた。

私は舞い上がるほど喜んで、小柳さんに抱きついた。もっと嬉しかったのは、POPと一緒に封筒に入った手紙を担当さんからいただいたことだ。富田先生からの直筆の手紙だった。

バックヤードに閉じこもり、便箋三枚にわたって綴られた丁寧な文字を、私は慈しむように追いかけた。

『空前のエデン』から受けた印象とは違い、富田先生はとてもフランクな人だった。同じように私が同い年ということを喜んでくれ、心強いという言葉をかけてくれた。そんなふうに書店員として肯定された経験ははじめてで、涙がこぼれそうだった。

それでも泣くことがなかったのは、最後の一文にかすかな違和感を抱いたからだ。

『こうして同世代の書店員さんと、同じ夢を見られたら僕は本当に幸せです。そういう人をこれから一人一人増やしていきたいと思いますけど、谷原さんは最初の一人です。とりあえず今年の「本屋さん大賞」は、これで一票ゲットということで（笑）』

いや、それを「違和感」と表現するのはフェアではない。釘を刺されるまでもなく、私はゲラを読んだ時点で『空前のエデン』に「本屋さん大賞」の票を投じようと決めていたし、圧勝するのではとも思っていた。

胸の中のモヤモヤをハッキリと意識したのは、結局『空前のエデン』が三万部を超えるヒット作となりながら、期待された「本屋さん大賞」では上位十作入りを逃したときだ。

その直前に始めていた富田先生のＳＮＳには、様々な思いが吐露されていた。

〈今日までに連絡ナシ。やっぱり漏れたらしい〉

〈なんとなく版元から熱量が伝わってきてなかったから、とくに驚きはありません。落ち込んでもいません〉

〈ただ、ちょっと人間不信かな〉

〈あれほど時間をかけて足を運んだ書店でかけられた絶賛の感想はなんだったのでしょう〉

〈某書店では、僕が行ったとき、何面にもわたって『空前のエデン』が陳列されてました〉

〈二日後、ある本が欲しくてたまたま同じ書店を訪ねたとき、その場所にはそっくり違う本が置かれていました〉

〈作家を気持ち良くさせるためだけの感想や展開に、どんな意味があるのでしょうか〉

〈落ち込んでいないとか言いながら、ごめんなさい。今日だけ愚痴を言わせてください。少し人間不信なのです〉

一連のメッセージには多くのコメントがついていた。中には「そういうことは表だって言うべきじゃない」という建設的な意見もあったけれど、決して炎上するわけではなく、大半の人が同情の声を寄せていた。

『空前のエデン』はファンのつきやすい作品だと思っていた。事実、富田先生のＳＮＳはたくさんのフォロワーを獲得していた。

それに気を良くしてのこととは思わないけれど、富田先生は乗せられるように版元や書店批判を繰り広げた。挙げ句には〈いっそ既存のシステムから離れ、オンデマンドでの自費出版だけでやってみようかな。その場合は皆さんついてきてくれますか？〉という投げかけをし、ファンたちから〈やる気のない出版社や書店を儲けさせてやる必要はない〉といった喝采を浴びていた。

この頃と前後して、版元の営業さんやたまにやってくる編集さんから、富田先生の良からぬウワサを聞くことが増えた。

「批判じゃないんですけどね。ただ、ちょっと難しい人ではあるみたいですね」と、そろってやりづらそうな表情を浮かべる彼らの言葉に、私はのみ込まれまいとした。信じたい、とかたくなになったわけじゃない。自分の見るものしか信じまいと思ったのだ。

よく聞く話ではあるけれど、私も小説家という人は書くものだけがすべてであればいいと思っている。

その意味では、あまりSNSをやって欲しいとは思わない。私の考えが古いのだろうとわかっているけれど、たとえ好きな作家さんのものであっても、私は素直に楽しめない。そんな時間があるなら、一日でも早く新作を読ませて欲しい。

その一つ一つの「つぶやき」を物語にすることこそがあなたたちの仕事でしょう？　そんな建前もウソじゃないし、嫉妬なのかもしれないけれど、どこかの書店員さんとの馴れ合いのようなやり取りを目にすると胸がザワザワする。

いや、だけどそれさえも本来は関係ないのだろう。たとえ他人からは毒にも薬にもならないやり取りであったとしても、小説家にとってそれが物語を紡ぐ原動力になるのであれば、誰にも文句を言う筋合いはない。

そう、結局は作品だけなのだ。書き上げたものだけで、小説家という人はジャッジされるべきである。

そんなことを思っていた矢先、「谷原さんには前回お世話になったから」という理由で出版社から送られてきた富田先生の二作目のゲラを読んで、私はさらに失望した。

つまらなかったわけではない。あいかわらず文章は洗練されているし、胸が焼けつくような感覚も同じだった。

でも、前作を超えているとは思えなかった。もちろんデビュー作より二作目が劣るなんてよくあることだし、むしろそれまでの人生すべてを引き出しにしたデビュー作を二作目が超えるのは容易なことではないのだろう。

私が歯がゆかったのは、当の富田先生自身が、こんなものだと折り合いをつけているように感じてしまったことだ。

売れた前作を超えてやる。そう力み過ぎたことによって駄作を書いてしまうことよりも、こんなもんだろ――？　という心の内が透けて見えることの方が、私には罪なことに思えた。

要は富田先生の二作目が、狙(ねら)ってデビュー作を再生産したものに思えたのだ。もちろん、私の勝手な思い込みかもしれなかったし、内容がひどいわけでもなかったので、私は版元さんに頼まれるまま、前回よりも慎重を期して推薦コメントを寄せた。

二十数行に及ぶコメントを〈おもしろかった！　胸が焼けつきそうでした〉という二文にまとめられてしまったことにも、四十名近い他の書店員さんたちと並べられたことにも不満はない。もう富田先生からのお礼の手紙が送られてくることもなかったけれど、それだって当然のことと理解していた。なのに胸の中のモヤモヤが消えてくれないのは、やっぱり作品の内容そのもののせいとしか思えなかった。

その気持ちを決定づけたのは、富田先生の三作目を読んだときだ。はじめての連載をまとめて書籍化された作品を読んで、私の違和感はハッキリと不信感に変わった。ひょっとしたら出版社側からの要望なのかもしれないけれど、あいかわらず同じような物語を同じように紡いでいたし、切れ味の鋭かった文章すら鳴りを潜め、私にはもはや書き飛ばしているようにしか思えなかった。

やはり依頼してもらったものの、三作目の推薦コメントは出さなかった。あいかわらず作品はよく売れているけれど、四作目、五作目は読むこともしなかった。

編集者へのいびりがキツいといった富田先生の悪評は、さらに大きく聞こえてきた。だからというわけではないけれど、久しぶりに送ってもらった新刊のゲラにも目を通そうとは思えなかった。まさかその本の刊行のタイミングで、自分の店でサイン会が開かれることになるなんて夢にも思っていなかった。

すっかり温(ぬる)くなったココアを一口舐(な)めて、私はため息を漏らす。向かいの席で、磯田さんが怪訝そうな目を向けてくる。

気を引き締めてかかった方がいいということを、私はこのカワイイ後輩に伝えておくべきなのだろうか。

考えても答えなど浮かんでこなくて、とりあえず愛想笑いを浮かべておいた。

富田暁先生のトーク＆サイン会の整理券はあっという間に捌(は)けた。中には他県からの問い合わせもあったりして、さすが人気作家の影響力の大きさを見せつけられた。

反面、サイン会が近づいてくるにつれて、私の憂鬱の度合は増していった。富田先生が面倒な人であってもかまわない。やっぱり作品さえ良ければいいのだということを、あらためて痛感させられた。

なんでもいいからおもしろくあってくれ。祈る気持ちでめくった新刊『つぐない』は、お世辞にも出来がいいとは思えなかった。ハッキリ言って、ゲラを読んでいる間、私はイライラし続けたし、読み終わったあとは「お客様にどう薦めたらいいのだろう」と、本気で頭を抱えたくらいだ。

いや、でもひょっとしたら違うのかもしれない。私はまだまだ富田先生に期待感を抱き続けていて、その結果、逆に目が曇っているだけなのかもしれない。そんなほのかな希望もどこかにあった。

退職した小柳さんと私の間に「谷原効果」「逆谷原効果」という、二人だけでしか通じない言葉があった。私が大きな感銘を受け、小柳さんに猛プッシュした作品は、大抵の場合「おもしろかったけど、そこまでか？」という感想だった。

反対に「なんかひどい本でした！」と憤って感想を伝えた作品に限って、小柳さんは「べつにそれほどひどいとは思わなかった。いいところもたくさんあった」などと言っていた。つまりは最初のハードルの問題なのだ。「おもしろい！」と高く引き上げられたハードルはなかなか越えることができないけれど、「クソしょうもなかった」とギリギリまで低く設定されたハードルは簡単に飛び越えられる。そういうものなのだろう。

ちなみに前者を「谷原効果」と、後者を「逆谷原効果」と勝手に命名して、小柳さんはケラケラ笑いながらこんなことも言っていた。

「これってたぶん本に限らなくてさ。たとえば谷原をどっかの男に紹介するとき、前もって『超絶美人！』って伝えてたら、たぶん目も当てられない結果になるでしょう？　逆に『ひっどいブサイク』って言ってたら『いやいや、カワイイじゃん』ってなると思うんだよね。何かを誰かに紹介するって、つまりはそういうことなんじゃないのかな」

振り返れば結構な言われようであったものの、私は「はぁ、なるほどですねぇ」などと感嘆の声を上げていた。

その意味では、今回は「谷原効果」が生まれてしまったのではないだろうか。富田先生のデビュー作の衝撃を忘れられず、勝手にハードルを引き上げて読んでしまった結果、私は『つぐない』を正しく評価できなかった。

それほど悪いものじゃないのかもしれない。そのすがるような強引な思いは、私のあとにゲラを読んだ磯田さんに呆気（あっけ）なく打ち破られた。

「ちょっと、谷原さん！　何なんですか、あれ。めちゃくちゃひどくなかったですか？」

朝の棚だしの時間だった。こちらを一瞥もしないで放たれた強烈な物言いに絶句し、私は思ってもみないことを返していた。

「え、ええ、そうだった？　そこまでひどくはないでしょう？」

ようやくちらりと私を見て、磯田さんは「ふん」と鼻を鳴らす。

「私、富田先生の作品って『空前のエデン』以外読んだことなかったから、ちょっとビックリしましたよ。最近の作品って全部あんな感じなんですか？」

「いや、ここまでひどくはないと思うけど」

「やっぱり谷原さんもひどいって思ったんじゃないですか」

「ああ、違う。そういう意味じゃなくて」

「私、薦めませんからね」

「どういう意味？」

「だから、サイン会を開くからって、お客様に薦めるようなうかつなマネをしたくないって言ってるんです」

正義感の塊のような磯田さんのことだ。忖度(そんたく)したり、迎合したりはできないだろうと、私は納得してしまう。

「ホントに、だったら『空前のエデン』のときにやったら良かったのに。なんでこんなひどい本で呼んだんですか」

「べつに私は……」

「編集者さんも何してるんですかね。さすがにあれはないですよ」

磯田さんがとどめとばかりに吐き捨てたとき、いそいそと作業する私たちの前に店長がやって来た。

「二人とも、口だけじゃなくちゃんと手も動かしてくださいね。お二人の動きは若いスタッフの子たちも見ていますよ。店の空気に関(かか)わります」

妙に悟ったような顔がそこにあるのを確認したとき、一瞬、頭の中が真っ白になった。私が血気盛んな男子中学生だったら、目を見開き、胸ぐらを鷲(わし)づかみにして、「おい、コラ。テメー!」と、すごんでいたに違いない。

私は自分の中に二十八年も眠っていた暴力的な衝動にはじめて触れた。怒りがどんどんあふれてくる。この人はわかっているのだろうか。そもそもこんな余計な悩みを抱えているのは誰のせいだと思っているんだ！

磯田さんの瞳孔(どうこう)は私なんてものじゃないくらい見開かれていた。どういう感情の結果か知らないけれど、もはや白目をむいている。

狂犬のようにいまにも店長を嚙(か)み殺しそうになっている後輩を手で制して、私は視線を店長に戻す。「なんでこんな本で呼んだんですか」という先ほどの磯田さんの言葉が、頭の中でぐるぐる巡る。

この人は本当にどうして富田先生を呼んだのだろう。不思議そうに眉を垂れる店長を見つめながら、私は自問する。こいつはそもそも先生の作品を読んでいるのか？

否、読んでいるはずがない。それは新刊『つぐない』に限らず、『空前のエデン』も、何もかも。読んではいないけれど、なんとなく売れているから、顔見知りの版元の誰かを通じて依頼した。どうせそんなことだろう。

話してもムダだと思った。もちろん、富田先生の面倒くささなど知るはずがない。深いため息がただ漏れる。

バカすぎる店長がやる気を出した結果の苦しみに、私たちはいま直面している。

トーク＆サイン会のちょうど一週間前、富田暁先生の『つぐない』が、ずいぶんと仰々しいカバーにくるまれて送られてきた。

たしかに作品の出来は良くないかもしれないし、店長には大いに不満がある。でも、だからといって来ていただくのはこっちの都合だ。富田先生に少しの粗相があってもいけないし、気分良く帰ってもらわなければならない。

その思いを強くしたのは、磯田さんが『不服』と辞書で引いたら出てくるような顔をして『つぐない』を並べているのを見たときだ。

もちろん、意識の高い後輩を注意するのは簡単なことじゃない。何度でも言うが、体育会系の環境をくぐってこなかった私にはなかなかできることじゃない。

明日、また明日……と思っているうちに、サイン会の日は迫ってきた。その三日前、公休日だった私は、実家の〈美晴〉に顔を出した。最近よく見るナゾの常連、石野恵奈子さんに悩みを聞いてもらうためだったが、残念ながらこの日、石野さんは店に来なかった。

本を読んだり、ビールをのんだりして過ごしながら、一通りお客さんが捌けたあと、私はなんとなく親父(おやじ)に尋ねてみた。

「ねぇ、あの石野さんって人よく来てるの？」

「ん？　石野さんってあのナゾの主婦のことか？」という親父と私は、考えがやっぱり似ているようだ。

「最近ちょくちょく来てくれるな」

「あの人ってどっかで見たことない？」

「はぁ？　どっかってどこだよ」

「私、なんとなく見覚えある気がするんだよね。あのさ、親父、私がまだ小さかった頃によく神保町の本屋さんに連れていってくれたのって覚えてる？」

「神保町？」

「うん。店が休みの日曜にさ。そこにキレイなお姉さんがいて、私よく絵本を選んでもらってたんだ。ひょっとしたら石野さんって、あのときのお姉さんじゃないかって思うんだけど、さすがに違うよね」

「いやいや、ちょっと待てよ。展開早(はえ)ぇよ。なんの話だよ」と口にして、親父はようやく包丁を握っていた手を止めた。

　そして私の目を鋭く見返し、もったいぶって口を開く。

「いや、全然覚えてないわ。そのお姉ちゃんどころか、お前を本屋に連れていったことさえ覚えてない。それ、俺(おれ)か？」

「親父だよ」

「ふーん。なんでその店員が石野さんなんじゃないかって思うんだよ」

「なんとなく。あのお姉さんもいまは石野さんくらいの年齢だろうしさ。あと、しいて言ったら匂(にお)いかな」

「匂い？」

「うん。すごくやさしい匂いがする。ああいう人が小説とか書いたら、きっとやさしいものを書くんだろうなって。それこそ絵本とかいいなって」

「はっ。なんだよ、それ。知らねぇよ」

私の感慨を台無しにするように、親父は冷たく言い放った。「まぁ、そうだよね。そんなわけないよね」と、べつに私もムッとするでもなく素直に親父に同意する。

実家での食事はいい気分転換になった。さぁ、明日だ。明日こそ磯田さんに伝えよう。そう覚悟を決めて店を出たとき、バッグのスマホが鳴り出した。

画面には『木梨(きなし)さん・アルバイト』と表示されている。番号を交換したことは覚えているけれど、これまでかかってきた記憶はない。

時刻は二十二時。店長などよりずっとしっかりした大学生アルバイトからの電話に、悪い予感しか抱けない。

『夜分すみません、谷原さん。あの、こんな時間にすみません』

動揺したように繰り返す最年少スタッフに、私はやさしく水を向けた。

「うん、大丈夫だよ。何かあった？」

『あの、本当にごめんなさい。ひょっとしたら私の見間違いかもしれないですけど、今日、富田暁先生がご来店された気がします』

「え、何？　どういうこと？　編集さんと、っていうこと？」

『違います。お一人で。たぶん店の様子を見にきたんじゃないかって』

このとき、私が真っ先に抱いたのは、今日が公休日で助かった……という、極めて自分勝手な思いだった。

もちろん、休みだったからといって問題から逃れられたわけではない。木梨さんの様子からすると、むしろ面倒なことになったと考えるべきだろう。

「うん。それで？」

『スタッフにいろいろと尋ねて回られていました。お薦めの小説だったり、最近の売れ線だったり。あと、今度のサイン会の整理券のことについてだったり』

ああ、それだけだったら安心だ。仮に誰かが他の作家さんの作品を薦めていたとしても、さすがにそんなことでは怒らないだろうし、サイン会の整理券もすでに捌けている。

私は安堵（あんど）しかけたものの、木梨さんの声は一向に晴れない。仕方なく「それで？」と続きを求めると、木梨さんの声はさらに沈んだ。

『私が富田先生なんじゃないかと思ったのは、磯田さんと話されているときでした。富田先生らしきお客様がご自身の新刊の内容について尋ねたとき、磯田さんが唐突（とうとつ）にデビュー作を薦め始めたんです。富田先生らしき方が「いや、そうじゃなくて新刊は？」と質問しても、かたくなに『空前のエデン』のお話をされていて。なんかお二人の様子が変で、ちらちらと様子をうかがっているときに、お客様の顔を見てハッとして』

その光景がありありと脳裏（のうり）に浮かんだ。私は動揺を押し殺して、平静を装って質問を続ける。

「木梨さんは富田先生の顔を知ってたの？」

『店中にサイン会の案内が貼（は）り出されているじゃないですか。顔写真もありますよね。たしかにニット帽をかぶっていらっしゃいましたけど、むしろ私はどうしてみなさんが気づかないか不思議なくらいで。いや、本当に私の見間違いかもしれないんですけど、なんかちょっとさみしくなりました』

私にはその気持ちが理解できた。自分だけが何かに追い詰められていると感じるとき、どうしてみんな悠長にしていられるのだろうと、ひどく孤独にさせられる。

「そう。ごめんね、私がいてあげられたら良かったんだけど」

『いえ、谷原さんのせいとは思っていません』

「本当にごめん。他には？　何もなかった？」

『私も他のお客様の対応をしていたので、すべて見ていたわけではないんですけど。ただ、その後も富田先生は店を回られていたらしく、すごくカリカリされていました。何も買わずに帰る頃には、かなり怒っていたようです』

木梨さんの言葉からついに「らしきお客様」という文言が消えた。

「わかった。教えてくれてありがとう」

『面倒かけてすみません、谷原さん。こういうことって、本当はまず店長に報告すべきなのかもしれませんけど……』

最後の言葉を濁さざるを得ない木梨さんの気持ちもわかった。「やさしい」や「頼もしい」という評価を下す一部のアルバイトの子たちとは違い、木梨さんはしっかりと店長を見切っている。そんなところも、私がこの最年少スタッフを信頼する所以である。

「大丈夫だよ。わかってるから。本当に報告してくれてありがとう」

ありがとうね、と念を押すように繰り返して、電話を切り、神楽坂から飯田橋の駅に向かう途中、私は胸の昂ぶりを自覚しながらスマホの画面に目を落とした。

幸いなことに、富田先生のSNSは昨日から更新されていなかった。しかし、ちょうど三鷹のアパートに帰る電車に飛び乗ったとき、そのタイミングを見計らっていたかのように、今日はじめての書き込みが為された。

〈もう一年くらい前の出来事ですけど、胸くそ悪い出来事がありました。思い出せる限り綴っていこうと思います〉

熱烈なファンたちが即座に反応する。〈久しぶりの毒吐き先生！〉や〈待ってましたー〉といったコメントを見れば、定期的にこういうことがあるのだろうと想像がつく。

帰宅ラッシュの時間帯だというのに、運良くシートに腰を下ろせた。それなのに、私は自分が座れたという意識さえ働かなかった。最初の投稿から間を置かずして次々と書き込まれていく内容に、全身の毛穴から冷や汗が吹きこぼれるようだった。

〈とある書店での出来事です〉

〈僕はその書店の店長からサイン会をして欲しいと頼まれました〉

〈それも出版社等を通じてではなく、このアカウントにダイレクトメッセージが送られてきたのです〉

〈当然、新刊の発売に合わせてのことだと思って快諾したのですが、驚いたことにその店長は僕の新刊について知りませんでした〉

〈だったらどういう理屈で依頼してくれたというのでしょう（汗）〉

〈振り返れば、このときからイヤな予感はしていたのです。でも、ぺーぺー作家である僕に断ることなどできませんでした〉


続々と更新されていく文章を読んでいる私の「イヤな予感」は、おそらくは当時の富田先生の比ではないだろう。

いや、さすがにこれを「当時」と捉（とら）えるのは楽天的すぎる。すべて「今日」に当てはめれば何もかもぴったりハマる。我らがボンクラ店長の顔がちらついて仕方がない。その後の書き込みも見事に木梨さんの報告の内容と合致している。

すでに出来上がっている文章を切り貼りしているのだろうか。富田先生は次々と新しい書き込みを更新していく。

書店の対応を不安に思った〈三流小説家の僕〉は、〈たまたま欲しい本〉があり、〈偶然、他の仕事で近くにいた〉からその書店を訪ねてみた。

すでに〈サイン会の三日前〉だというのに、自著の扱いはずいぶんひどいものだった。〈悲しい気持ちで平台を見つめていた〉ら、〈文芸担当を名乗る女性スタッフ〉が声をかけてきた。〈店には自分の写真入り（ちなみに許可してない）のサイン会の案内〉が〈品なく、ベタベタ〉と貼られている。

どういうつもりか知らないけれど、〈不遜な感じのする女店員〉は、文庫化されている『空前のエデン』ばかり薦めてくる。〈泣きたくなりながら〉新刊の感想を尋ねてみても、〈不遜な感じのする女店員〉は、今度はどういうわけか〈他の作家の新刊〉を薦めてきた。〈悔しすぎて本当に泣きたくなりました〉。

その後も〈自分の本が返本のカゴらしきものに入っている〉のを見てしまったり、〈ポスターがはがれかかっている〉のを〈店員が見て見ぬフリしている〉のを目撃したりと、〈天中殺〉かというくらい〈散々な目〉に遭いながらも、〈大切にされる存在でない自分が悪い〉と諦め、せめて店長に挨拶だけして帰ろうと思った。

〈極めつけはその店長だったのです〉

その書き込みがアップされたところで、電車が三鷹駅に到着した。私の服は砂漠を歩き続けた旅人かというくらい汗で濡れ、気づけば吐き気まで催していた。

もうこれ以上のダメージを受けたくなかった。スマホを手に持ったまま、改札を抜ける。本当に無事にサイン会は開催されるのだろうか。富田先生が怒ってキャンセルということにはならないだろうか。

もういっそそれならそれでかまわない——。そんなふうに開き直りながら、ＳＮＳのアプリを落とそうとしたときだ。

最後に私の視界を捉えたのは、こんな絶望的な文章だった。

〈自分で呼んでおきながら、最後まで僕を僕と気づかず、悪意のない顔をしたその店長。サイン会のポスターを見つめながら、こんなことを言ったのです。「富山先生もいまやすっかり売れっ子で……」〉

磯田さんには傷つけたくないからと、店長には変に事を荒立ててほしくないからと、結局何も言えなかった。

キャンセルになるどころか、表だって波風が立っている気配もなく、淡々とイベント当日を迎えた。

そんな緊迫の日の朝礼でさえ、店長は意味のない話をし続けた。

「何があっても、私はみなさんを守ります。だからみなさんは何も心配することなく、自分の正しいと信じることを堂々としてください。人間というのはすぐに些末な問題に囚われてしまう生き物です。ですが、本来の目的を見失ってはいけません。我々の場合は、一冊でも多くの素晴らしい本をお客様に届けること。もっと言えば、この世界の出版文化を育み、次世代に継承していくことです。その目的さえ守られていれば、他はすべて些末な問題です。責任は私が取ります。みなさんに期待しています」

なんの受け売りか知らないけれど、まったく胸に刺さらない。どれだけその顔が自信にあふれていて、どれほどご立派なことをのたまったところで、一向に心は震えない。

ふと見た木梨さんは拳を握りしめ、じっと床を見つめている。〈武蔵野書店〉で売っている辞書の『不信感』の項目には、きっと木梨さんのイラストが添えられている。

私に報告の電話をかけたあと、木梨さんも富田先生のSNSを追いかけていたようだ。〈これって、もちろん今日の話ですよね?〉〈うちの店、まずいことになってませんか?〉〈やっぱり私があのとき店長に報告するべきだったんでしょうか〉〈富田先生、もううちでトークショーなんてしてくれませんよね?〉〈谷原さん、本当にすみませんでした〉……。続々と送りつけられてくるメッセージに、私の気持ちは富田先生の書き込みを読んだとき以上に鬱いだ。

時給九百円の、大学四年生のバイトの子にこんなに苦しい思いをさせておいて、何が「責任は私が取る」だ。何が「出版文化を次世代に」だ。ご大層な人生訓はいらないから、とりあえず迷惑をかけるなよ！　久しぶりに店長に対して苛立ちではなく、弾けるような怒りが沸いた。

嵐の前の静けさというふうに、朝からお客様は少なかった。ＢＧＭばかりが耳につき、店全体に緊張感が張りつめている。

その発信源は、おそらくは私と木梨さんだ。

「なんでそんなおっかない顔してるんですか？　今日の谷原さんこわいんですけど」

さすがに異変を察したらしく、昼食時、磯田さんが不安そうに尋ねてきた。「べつに。普通だけど？」と一応笑みは浮かべておいたが、きっと胸の内のモヤモヤは隠せない。いつもは五分ともたないお弁当が一向に減っていかない。

新宿や神保町の大規模書店ならいざ知らず、そもそも〈武蔵野書店〉のような中規模書店では小説家のトークショーなど滅多にない。

作家さんと触れ合うのは、挨拶を兼ねて本にサインをしに来てくれるときくらいで、そんなものは二十分くらい愛想笑いを浮かべていればなんとかなる。思い入れの強い作家さんに限って、緊張して会話ができず、自己嫌悪に陥ることもよくあるけれど、それでもサイン書きくらいだったらなんとか対応できるようになった。

でも、トークショーとなったら話は違う。滞在する時間が比べものにならないほど長く、こちらが呼んで来てもらっている以上、絶対に失礼があってはならない。何よりも富田先生とはすでに一悶着(ひともんちゃく)あったあとなのだ。

一連の書き込みに対して、一部の鋭いファンからは〈これ、ホントに一年前の話？〉〈今度の武蔵野書店のことじゃないんですか？〉といった声が上がっていた。それに対する富田先生からのアンサーはなく、〈もう肯定しているようなもの〉というさらなるファンのコメントにも否定はしていなかった。

時間は刻々と過ぎていった。店内各所で渦巻いていた緊張の空気が一つに混ざり合い、一気に弾けたのは、トークショー開始一時間前の十六時。正面入り口から、まるで大名行列のように十人近い一団が入ってきた。

どういう関係かわからないけれど、その中には夜そのものという雰囲気の女性もいた。版元の担当編集者らしき人が、たまたま近くにいた私に声をかけてくる。

「お世話になっております、蒼井出版の三宅です。本日はお招きいただきましてありがとうございます。サイン会のご担当者さまはいらっしゃいますか?」

私は面識のない編集さんだったし、顔を知っている営業の人は来ていなかった。三宅さんの背後では富田先生が女性と楽しそうに談笑している。

私はあっという間に気後れして、本来は文芸担当の自分が対応するべきだったが、「しょ、少々お待ちください」と、その場から逃げた。

呼び出した店長に緊張している様子はなかった。「いやぁ、本日はこんな小さな店にありがとうございます。ええと……、富田先生は?」とキョロキョロする。

「あ、僕ですけど」

嘲笑するような表情を浮かべて手を挙げた富田先生に、店長の方は曇り一つない笑みを返してみせた。

「おお、これははじめまして。〈武蔵野書店〉吉祥寺本店、店長の山本と申します。先生、本日はご多忙の中こんな遠くまでありがとうございます」

「はぁ……」

「先生、ご著書から受けるイメージとずいぶん違いますね」

「そうですか？　どんなふうに？」

「いやいや、イケメンでいらっしゃる。作品からはもっと文学青年風な方を想像しておりましたので、驚きました」

そんな二人のやり取りを、私はヒヤヒヤしながら見つめていた。富田先生を取り巻くみなさんも同じような顔をしている。それを見て、私はみなさんも先日の出来事を認識していることを悟った。

「谷原さん、谷原さん……」

振り向くと、磯田さんが一団の死角になるように私を盾にして、真っ青に染まった顔を懸命に背けている。

いつも強気な声が小動物のように震えていた。

「あ、あの、私、知ってます。知ってるんです——」

「うん。大丈夫だよ。私も知ってるから」

「え、何を？」

「磯田さんが先生を知ってること、私も知ってる」

後悔の念を滲(にじ)ませる磯田さんを責めるつもりはない。私が怒りをぶつけたいのは、ますます嬉しそうに目もとを綻(ほころ)ばせ、一方的に富田作品への愛を、つまりはウソをまくし立てている店長に対してだ。

わずか三日前に「大ファン」と公言する小説家とすでに言葉を交わしていることに、どうして気づかないでいられるのだろう。

たった十畳のうち約九畳が荷物で占拠されたバックヤードでも、富田先生は笑いを絶やさなかった。

児童書の読み聞かせスペースで開催されたトークショーも、バタバタしたのは整理券を配布した三十人以外に「SNSでお願いされちゃったファン数名」の立ち見スペースを急遽(きゅうきょ)こしらえることになった程度で、つつがなく乗り切れた。

緊張の糸がかすかに張ったのは、直後に行われた質疑応答のときだった。整理券を持たずにやって来た数名の「富田ファン」たちから鋭い質問が飛び交ったのだ。

その中の一つにこんなものがあった。

「数日前のSNSに痛烈な書店批判がありました。その点、この〈武蔵野書店〉は先生の目にはどう見えますか？」

私と木梨さん、そして意味はわかっていないだろうが磯田さんが息をのむ。質問したお客様の顔は意地悪そうに歪(ゆが)んでいた。

その顔を見て、一瞬、私は富田先生がそう尋ねるよう仕向けたのではないかと勘ぐったくらいだ。あるいはそのために彼らをここに呼んだのではないだろうかと。

むろんそれを探る術(すべ)はないし、富田先生の表情に変化もない。

「いやいや、このお店の方はみなさん親切ですよ。気を遣(つか)っていただいているのか、ファンだって言ってくれる方ばかりですし、とても居心地いいです」

座席のお客様からパラパラと拍手が湧(わ)いて、店長は得意げに深くうなずき、私と木梨さんは安堵の息を吐(つ)いた。

もうこれで終わりと思った。あとは無事にサイン会を乗り切り、また日常に戻ればいい。そんな私の心のつぶやきを、神さまは油断と捉えたのだろう。安穏とした雰囲気を拒もうとするように、富田先生は「ああ、でも――」とつけ足した。

空気が一瞬にして凍(い)てつくのがわかった。変化がないのは店長の顔色だけだ。富田先生が淡々と口を開く。

「そういえば、まだみなさんから新刊の感想をうかがってないですね。ええと、文芸担当のスタッフの人いましたよね。たしか――」

富田先生が名刺の束から磯田さんのものを抜き取った。〈文芸担当〉の一文が加わり、最近新調したばかりの名刺を、磯田さんは「最初の一枚は」と嬉しそうに私にくれた。

その日のことを思い出し、私は憂鬱な思いに襲われる。

「うん、磯田さんだ。磯田さん、どこかにいらっしゃいます？」と、富田先生はマイクを通じて会場全体に問いかける。

逃げられるはずもなく、磯田さんは私の背後で「あの、はい。わ、私です……」と、虫の鳴き声のようなか細い声を上げる。

富田先生は満足そうに首を振って、手招きした。動揺する磯田さんを自分のとなりに立たせると、インタビュアーのようにマイクを向けた。

「どうでしたか？　僕の新刊『つぐない』は？」

「あ、あの、すみません。私……」

「あれ、あなた磯田さんですよね？　文芸書担当の磯田真紀子（まきこ）さん」

「はい。そうです」

「ちなみに僕の作品を読んでいただいたことってありますか？　デビュー作の『空前のエデン』なんかは？」

「はい。大好きな作品です」

「そうですか。ありがとうございます。では、今回の作品はいかがでしたか？」

「いえ、その……」

「読んでない？」

「いえ、拝読させていただきました」

磯田さんは耐えきれなくなったように上目遣いで私を見てきた。私はきつく唇を噛みしめるだけで、どうしてあげることもできなかった。

ある意味では、これは私たちへのバチだと思う。富田先生のいないところで、仲間同士であるのをいいことに、私たちは作品を貶した。書店員として、あれはきっと胸の内に留めておくべきだったのだろうし、表明するのなら責任と覚悟を持ってそうすべきだったのだろう。

私は反省する一方で、次第に好戦的になっていく会場の空気に違和感を抱かずにはいられなかった。『獲物を見つけたネットの住人のように』、あるいは『我が物顔でメディアを叩く政治家のように』という文章が、映像として頭の中に浮かび上がる。

なんだろう……と自問して、すぐに腑に落ちた。なんということはない。繰り返し読んだ『空前のエデン』に登場し、私が感銘を受けてマーカーを引いた箇所だ。たった数年前に、富田暁先生自身が書き記したものだった。

富田先生がどうしてこんな吊し上げのようなマネをするのか、私には手に取るように理解できた。恥をかかされた磯田さんを、みんなの前で謝罪させたい。さもなければ、強引にでも「おもしろかった」と言わせたい。

ひりひりした時間がしばらく続いた。顔を真っ赤にしたまま口ごもる磯田さんは、ついにそのままうつむいてしまった。

「どうしましたか？　新作はつまらなかった？」と、富田先生の追及は収まらない。取り巻きのようなファンに、止めもせずに見守っているだけの編集者。わかっている。小説家というのはきっと孤独な生き物なのだろう。常に一人で作業して、身を削って書いたものが好きなように批判されて。

疑心暗鬼になる気持ちも、人間不信になるのも、だからこそイエスマンを周りに置きたくなる思いもよくわかる。それでも尚（なお）、心を震わせる作品を書いてくれるからこそ私は彼らを尊敬するのだし、『空前のエデン』は紛（まが）うことなくそういう作品の一つだった。でも、絶対にこのやり方は間違っている。絶対に違う。

たとえこちらに反省すべき点があったとしてもだ。こんな公開裁判のようなやり方が許されていいはずない。私が胸を張ってそう断言できるのは、まさに『空前のエデン』によく似た描写があったからだ。

三人の主人公が所属するそれぞれのコミュニティの、それぞれに存在する裸の王様と、取り巻きたち。

彼らが強要してくるルールを受け入れられず、小さなミスをあげつらわれ、糾弾される主人公たちに誰よりも優しく寄り添ってあげていたのは、他ならぬ富田先生だったはずなのだ。

富田先生は書いていた。『強者たちにお前のプライドを奪われるな』。私が愛する作品にはこうあった。『プライドを剝ぎ取ろうとする者たちに立ち向かえ』……。

理詰めによる追い込み、意地悪そうな周囲の視線、無責任な悪意、何か起きるのではないかという威圧的な期待感……。

ずっと会場に渦巻いていたモヤモヤの正体をやっと悟った。いまこの会場で圧倒的に強者なのは富田先生の側なのだ。

「あ、あの、だから私は……」

磯田さんが顔を上げ、再び私を見つめてきた。私は一歩前に出る。絶対に言わせるわけにはいかなかった。どんな理由であったとしても、おもしろいと感じなかった作品を「おもしろかった」とは言わせられない。たとえすぐに踏みにじられる小さなものであったとしてもだ。それこそが書店員である私たちの、絶対に守らなければいけないプライドだ！

「あの――！」

覚悟を決めて張り上げた私の声は、しかし小さな会場に轟かなかった。何を思ったのか、店長が颯爽と手をこちらにかざし、マイクを通じて声を上げた。

「いいですよ、磯田真紀子さん。あなたの思ったままをおっしゃってください」

一瞬、会場が水を打ったように静まり返る。お前、うるさい！　余計なことすんな！　という私の心の叫びを完全に無視し、店長はさらに語りかける。

「いいんですよ。あなたは富田先生の『つぐない』を読んで何を感じたんですか？」

「だけど、私は……」

「大丈夫です。あなたの普段の仕事ぶりは私が一番よく知っています。信頼する文芸担当のスタッフであるあなたの感想は、もちろん店の総意です。だから言ってるじゃないですか。もしそれによって問題が生じるようなら、その責任はすべて私が担いますって。磯田真紀子さんの思ったままを言ってください」

店長は柔らかい笑みを絶やさない。緊張と興奮、そして一部のしらけた空気とを増幅させながら、視線だけが店長に集中する。

許せないし、腹が立つし、涙が出そうだし、店長を認める気持ちはいっさいない。でも、悔しいけれどいまのセリフにかんしてだけは、一言一句、同意する。

自分の正しいと思うことを表明できない環境なら、そんなものヘラヘラ笑いながら拒絶しろ――。

そう教えてくれたのも、他ならぬ『空前のエデン』だった。私は力強くうなずいた。それでも不安そうにしていた磯田さんの瞳(ひとみ)に、ようやく開き直ったような強さが宿る。普段のふてぶてしい、磯田さんらしい色だった。

「すみません。私は、小説というのは読む人の数だけ感想があるものと思っています。誰かにとって救いとなる物語が、誰かを無用に傷つける可能性も秘めているものだと思ってます。私の意見が正解だなんて思っていません」

「そんな当たり前のこと聞いてません。あなたの感想を聞いているだけです」

つまらなそうに言った富田先生に、磯田さんはふんわり微笑んだ。

「はい。その上で言わせてください。私には『つぐない』がいいとは思えませんでした。失礼なことを言ってすみません。でも、もし私を信頼してくれているお客様がいるのだとしたら、たとえ既読だったとしても、私は『空前のエデン』を薦めたいです。もちろん、富田先生への信頼も期待も失っていません。早く『空前のエデン』を超える作品を書いてください。私たちだって新刊が出るたびに全力で応援させてもらいたいんです」

いまにも怒号が飛び交いそうな気配を感じた。それを富田先生が打ち消した。

「それって、本当に店長も同じ意見ということでいいんですか？」

ついに冷静さは失われ、声がわなわなと震えている。店長の余裕は揺るがない。

「はい。私も含めたこの店の総意です」

「だったら、なぜ呼んだんですか？」

「はい？」

「そんな駄作を書いた作家を呼ぶ必要なくないですか？　わざわざ呼んでおいて、ひどい仕打ちとは思いませんか？」

富田先生の言うことはもっともだ。いい作品と思わなかったのなら、わざわざこの作品で呼ぶ必要はなかった。

いつの間にかとなりに立っていた木梨さんと、固唾（かたず）をのんで成り行きを見守った。鈍感力がウリの店長に、会場の緊張感は伝わっていない。何をいまさらというふうに鼻を鳴らす。

「だからこの磯田をはじめ、この店に富田先生のファンがたくさんいるからですよ。私だって先生の大ファンです」

「はっ。あなたは違うでしょう？」

「いえいえ。デビュー作以来、すべて拝読させていただいておりますよ」

店長はいけしゃあしゃあと口にする。さすがに見破られるのではないかと思っていたら、案の定、富田先生はカードを切るように言い放った。

「だったら、あんた、たった数日前にその大ファンだと公言する作家としゃべっているのに気づいていたんですか？　私、来店しているんですよ。気づいてなかったですよね？」

「まさかまさか。気づいていましたよ。気づいていたに決まってるじゃないですか。大好きな先生に気づかないはずがありません」

「絶対にウソですよ。そんな素振りまったく見せなかったじゃないですか」

「プライベートでいらっしゃっている先生に声をかけるほど野暮ではありません。ニットキャップをずいぶん深くかぶっていらっしゃいましたし、お忍びでいらっしゃったのだろうと。どうあれ先生の方から名乗られない以上、こちらも気づかないフリをいたします」

「絶対にウソだって！　だってあなた、名前も間違ってたんだよ！　僕の写真つきポスターを見て『富山先生』って、そう言ったのを覚えていないでしょう！」

二人ともマイクを通じてやり合っていることに気づいていないようだ。我慢の限界というふうな富田先生の金切り声が、みんなの耳をつんざいた。

店長の余裕の笑みはそれでも消えない。

「申し訳ございません。たしかにそれは謝罪するべきですね。ただ、これは決して言い訳ではないのですが、私はまれに親の名前さえ間違えるタイプの人間ですので」

鳩が豆鉄砲を食ったような顔がずらりと並ぶ。「はっ？　それはなんの話なんですか？」という富田先生の質問に、店長は弱ったように肩をすくめる。

「私の数少ない欠点なんですよね。名前を覚えるのが昔から苦手でして。何せ自分の名前まで間違ったことがあるくらいですから」

絶対に誇るべきことではないはずなのに、店長は凜と胸を張る。たしかに店長の名前の言い間違えはひどいものだ。芸術的とも言いたくなる。私だって「谷岡さん」や「谷口さん」などはマシな方で、「山原さん」とか「西原さん」といった下の「原」だけ活きているバージョンのときもあれば、ついには原型すら留めていない「釜石さん」や「太田垣さん」のときもあった。

攻撃的な空気の中に、かすかに笑いが混ざった。おそらくは店内の微妙な変化にも気づかないまま、店長は逆に問いかける。

「先生こそ覚えていらっしゃいませんか？　デビュー作『空前のエデン』に寄せられた〈社会のルールがあなたを幸せにしてくれないのなら、そんなの絶対に社会のルールの方が間違ってる！〉という推薦コメント」

胸をトンと何かが打つ。富田先生はキョトンとした表情を浮かべ、すぐに気を取り直すように首を振った。

「そ、そんなの、覚えてるに決まってるじゃないですか」

「あれって、うちのスタッフが出させてもらったコメントなんですよ」

「え？」

「磯田の先輩の文芸担当、当店の谷原京子が出したコメントなんです。先ほどご挨拶させていただいたとき、お伝えしておくべきでした。手紙もいただいたそうですね。実は私が先生のファンになったのは、そのスタッフの影響なんです。私が心から信頼するスタッフをここまで感動させる小説って何なのだろう。そう思って読んでみて、衝撃を受けました。なんて心のこもった小説を書く人が現れたのだろうと心強く思いました。新しい時代の小説家の出現に胸躍ったのをよく覚えています」

私のコメントを店長は悠然と言い切り、富田先生は口をパクパクさせるだけだった。会場がにわかにざわつき、座席のどこかから「いいぞ、店長！　もっとやれ！」という声が飛び、笑いが生まれる。

完全に勝負はついた。ハッキリと形勢は逆転した。だからといって私の胸がすくようなことはなく、むしろ、だからこそモヤッとしたものを抱えた。富田先生をやり玉に挙げていいことなどない。強者が逆転するだけなら意味がない。

店長も同じことを考えていたらしい。一連の言動に一つも感心などしなかったが、今日の出来事の中で褒めるべきことがあるとしたら、この芯のぶれなさだろう。

いよいよ騒然となりかけた会場に向け、店長は先ほど私にしたように手をかざした。そして幼子に言い聞かすように富田先生に語りかけた。

「我々の仕事は、作家のみなさんを気持ち良くさせることではありません。肩を組み、同じ方向を見つめて、この出版不況という荒波と対峙することです。先生を気持ち良くさせるだけだったり、逆に怒って帰らせてしまったりすることで、何かが解決するとは私には思えません。我々が奉仕すべきはそんな些末なことでなく、もっと本質的なことと思いませんか？」

そこで一度言葉を切って、店長は深く頭を下げた。

「富田先生、初心を忘れないでください。あなたには人の心を震わせる天賦の才があります。その輝かしい才能を、あなたの周囲にいるあなたを気持ち良くさせるだけの人たちに絶対に触れさせないでください。濁らせないでください。お願いします。同じ出版という大海原でもがいている一人の人間からのお願いです」

うかつにも私は泣かされそうになった。そう、本当にうかつだった。なぜならこの感動的な演説を打(ぶ)っているのが、スティーブ・ジョブズなどではなく、山本猛店長であるからだ。

満足そうに目を細め、店長はなぜか私を向いた。イヤな予感しかしなかった。

「先生に書く才能があるように、うちの店には作品をお客様にお届けする天賦の才を持った人間がいるんです」

いや、違う……。やめろ、やめろ、やめろ、やめろ……。何をどう振られたところで、いまは絶対にそのタイミングじゃない。お願いだからやめてくれ！

私は必死に念じ続ける。本日、抜群のキレ味でことごとく私の心中を察してきた店長は、しかしもっとも重要なこの局面でいつもの店長に戻ってしまった。

「それでは聞いてください。谷原京子さんで『つぐない』の感想です。どうぞ」

それでは聴いてください。テレサ・テンさんで『つぐない』です。どうぞ……的に手を振り上げる店長のことが、私は憎くて仕方がない。

第三話　弊社の社長がバカすぎて

甲高い笑い声が冷たい空気を切り裂いた。

「いやぁ、すごい！　めちゃくちゃ笑える！　店長、あいかわらず超いいね！」

こんなに品のない人だったっけ……？　と自問しながら、私は毅然と首を振る。

「私、超良くない話をしてるつもりなんですけど」

「いやいや、いいよ！　すごくいい！　ファンキーじゃん！　私、ちょっと店長のファンになっちゃったかも。また会いたい！」

他のお客さんどころか、親父も母屋に戻った深夜一時の神楽坂〈美晴〉。いつもより疲弊した様子の石野恵奈子さんが暖簾をくぐったのがちょうど零時で、どうせ明日は休みだからと、私がお酌の相手をしてあげた。

カウンター越しに向き合って、適当にあてを作って、乾杯するまでは調子が良かった。本当は私が石野さんの疲弊の理由を聞いてあげようと思っていたのだ。でも、石野さんの「それで、最近はどう？　あいかわらず店長さんはいい調子？」という質問に、一気に不満が爆発した。

話したかったのは、もちろん私が勤める〈武蔵野書店〉吉祥寺本店で開催された富田暁先生のトーク&サイン会についてである。

あの日、バカ店長から曲紹介のように富田先生の『つぐない』の感想を求められた私は、ずっと抱いていた怒りや感慨、熱くほとばしる書店員としての矜持やともに働く仲間たちへの思いなどがすべて吹き飛び、充満するプレッシャーに呆気なく負けた。

「い、いや……。べつに？　わ、わ、私は、おもしろいと思いましたけど？」

直前まで、私はたしかに思っていたはずだ。強引に「おもしろかった」と言わされそうになっていた後輩の磯田さんに、絶対にそんなことを言わせてはならないと。たとえ簡単に踏みにじられるものであったとしても、それこそが書店員としての私たちのプライドなのだと。強い気持ちで思っていた。

なのに、私は平然と「おもしろい」と言ってのけた。その瞬間の、『失望』と辞書で引いたら出てきそうな磯田さんの、意外そうに眉をひそめた富田先生の、なぜか満足げな店長の顔が何日経っても忘れられない。

石野さんは私に同情してくれるわけでもなく、しまいには目に涙を浮かべながら、カウンターをバンバン叩き始めた。

「テレサ・テンってさぁ。ああ、ウケる。笑えるわぁ、おたくの店長。山本さん」と、尚もその話をしたがっている様子の石野さんを無視して、私は話題を変えた。

「あの、すみません。石野さんって出版業界の人だったりするんですか？」

石野さんは笑みを絶やさぬまま、目もとをごしごしこする。

「えー、何それ？　なんでそんなこと聞くの？」

「いつも本読んでるじゃないですか。このへんって出版の人多いし、なんかよくメモとか取ってるし、ひょっとしたら編集者さんとかなのかなぁって親父と話してたんです」

自分から質問していながら、私はその答えが「ノー」であるはずだと思っていた。いや、「ノー」と否定されることを期待したのだ。その思いに応えてくれるように、石野さんはハッキリと首を横に振った。

「申し訳ないけど、そんな高尚な仕事はしてないよ。私はちょっと本が好きなだけの、ただの酔っ払い。期待に添えなくてごめんね」

「いえ、期待だなんて」という言葉は、気を遣ってのものではない。ふっと息を吸って、私は姿勢を整える。

「じゃあ、質問を変えますね。石野さん、ずっと前に本屋さんで働いていたことってないですか？」

「はぁ？　今度は何？」

「私、なんとなく見た覚えがある気がするんです。石野さんのこと。それで、記憶を辿ってみたら、昔よく通っていた神保町の書店を思い出して。そこにキレイなお姉さんがいたんです。私、その人のことが大好きで、いつも絵本を薦めてくれて。私が本を好きになったきっかけを作ってくれた人で、ひょっとしたら石野さんが――」

「ああ、ごめん。ちょっとごめんね、京子ちゃん」

石野さんは申し訳なさそうに話をさえぎる。その眉をひそめた表情を見るだけで、言いたいことは理解できた。

石野さんは私の目をじっと見つめ、諭すように肩をすくめた。

「それこそ期待に応えてあげられなくてごめんね。私は、だから本が好きなだけの酔っ払いなんだって。書店で働いたことなんてないし、そもそも私は『キレイ』じゃないしね。なんかごめんね、京子ちゃん」

戻れるものならいまからでも戻りたい。あの地獄のトークショーの日から、一ヶ月ほどが過ぎた。いいことなんて一つもない毎日だ。

あの日の大失態で一度は歩み寄れたカワイイ後輩の信頼を再び失い、同僚たちの冷たい視線も身に染みる。お客様の苦情の処理や本の出し入れ、新人の研修に追われ続け、読書の時間を確保することもままならない。それならいっそ売りたい本を売ってやる！　と息巻いてみたところで、仕掛けたい本に限ってまったく店に入ってこない。

定価販売を維持するための再販制度の弊害なのか、出版社は返品をおそれ、二言目には「実績」という言葉を使って出荷する数を絞ってくる。売りたい本を希望通り入荷することもできないのだ。書店員となってもっとも面食らったのがそれだった。

大好きな作家の新刊本が一冊も入荷されないなんてことがざらにある。その本が営業さんと関係のうすい出版社のものだったり、あきらかに〈武蔵野書店〉を軽んじている業界最大手の往来館のものだったりしたら目も当てられない。

当然、取次に頼んでも入ってこなくて、来る日も、来る日も、私は発注サイトに『注文希望数・3』などと入力する。その作業の、なんと地道なことだろう。

サイト側も負けず劣らず地道なものだ。来る日も、来る日も『出荷数・0』という文字が折り目正しく表示される。

イライラするのを通り越し、私はいつからか妙な連帯感を機械との間に抱き始めた。一度だけ「おい、パソコン。お前も毎日大変だな」などと独り言をこぼし、近くにいた小柳さんをギョッとさせたことがある。

書店で働き始めてからは「たかが数冊」という気持ちはなくなった。その数冊を売ることの大変さを、その数冊を万引きされることの心の痛みを、私たちは身をもって知っている。

一方で、その「数冊」を入れてくれない版元や取次に対する不満は根深い。どれだけ返品を恐れているか知らないけれど、覚悟を持って自分が仕入れたものは責任持って最後まで売り切るよ！

そんなムカつきがあるさらにそのもう一方で、取次や版元の気持ちを理解できてしまう自分もいる。

基本、書店というところはウソつきだ。他店で売れていそうだからという理由だけで、自分で読みもせず、それこそたいした覚悟もないまま、あの手この手で本を入荷しようとする。

たとえば「ダミー客注」という技がある。本当はお客さんの注文じゃないものを「お客様の注文だから」とウソを吐いて、強引に出荷してもらう方法だ。

もちろん首尾良く入荷できたとしても、実際は注文してくれたお客様など存在しない。一定期間売れなければ返本することになる。その間、本気でその本を売りたいと思っていても、出版社に在庫がなく、売ることのできない店が日本のどこかにあるかもしれないのだ。

私にその技を自慢げに教えてきたのは、いまは店にいない先輩社員だ。顔見知りらしき版元の営業さんにイヤミを言われた先輩は、悪びれもせず「いやぁ、どうも注文されたお客様が蒸発しちゃったみたいでさぁ。うちも迷惑したんだよ」と、平然とウソを吐いていた。

そのときの先輩の笑みは、私には見るに堪えないほど下卑ていた。そういえば、彼は「発注サイトに『補充・10』と入れるくらいなら、面倒でも『客注・1』を繰り返せ」とも言っていた。その表情もやっぱり私の目には品なく見え、思い出すたびに憂鬱な気持ちに襲われる。

版元も、取次も、書店も、私のような一介の書店員も、みんながみんな目先のことを考えすぎていて、結果、不幸な状況に陥っている。典型的な自家中毒だ。憧れていたこの仕事に就いてから、そう思うことがたびたびある。

どう考えても、熱量を持って売りたいと思う書店に本が入ってこないことは、不幸せなことだと思うのだ。

販元に在庫がなかったとしても、市中の書店にあふれているという理由でパソコンのモニターに表示される『在庫なし。重版未定』という文言を、私はいつの頃からか忌み嫌うようになっていた。

久々にそのことを思い出す出来事があった。ある日、めずらしく遅番で昼過ぎに出社した私の目に入ったのは、一枚のファックスだった。

そこには『糸魚川断層連続ニラ殺人事件』という小説の書影とともに、こんな言葉が躍っていた。

『今週日曜日「モーニング・フライト」で、この本が紹介されます!』

ほんの一瞬、呆気にとられたあと、のどがグルルッと音を立てた。とある民放局で放送されている『モーニング・フライト』は、高視聴率番組として名高い日曜の情報バラエティだ。最近ではめずらしくしっかりと小説の紹介コーナーがあって、こちらも最近ではめずらしく効果的なコーナーとして書店員の間では知られている。

『糸魚川断層連続ニラ殺人事件』は、宮城リリーさんという私より四つも年下の作家のデビュー作だ。

発売当初はそれほど話題にならなかったが、ある大型書店のカリスマ書店員さんが激推ししたことで、局所的にじわじわと売れ始めた。そんな雑誌の記事を目にして、私も読んだ。人を食ったようなタイトル同様、『糸魚川断層連続ニラ殺人事件』は、驚くほど新しい小説だった。ライトノベルとも純文学とも形容できそうな軽やかな文体に、男性同士の恋愛模様と絞殺事件とが強引にではなく重なり合い、そのあまりに切ない殺人の動機と糸魚川断層の必然性、そして最後の最後で飛び道具的に登場するニラの効果もあいまって、私はラストシーンで大笑いしながら号泣していた。

久しぶりに身体(からだ)の奥底が震え上がるような読書体験だった。新しい才能の出現に書店員として立ち会いたいと心から思った。

でも、〈武蔵野書店〉吉祥寺本店に『糸魚川断層連続ニラ殺人事件』は三冊しか入荷しておらず、そのうちの一冊はすでに私が買ってしまった。大きく展開しようと思っても、二冊じゃ平台(ひらだい)に置くこともできない。

不幸にも版元は苦手な往来館だ。担当の営業さんは目に見えて〈武蔵野書店〉を軽んじている。仕方なく発注サイトを立ち上げてみるが、例によって『在庫なし。重版未定』の表示。とっくに不感症になっていると思っていたが、その日はなぜか異様なくらい頭に来て、私はバックヤードの店長に詰め寄った。

「おい、テメー、この野郎！　お前は本部に勤めていたときに山ほど出版社の人間と名刺交換したんだろうが！　直接、本を送れって頼み込めよ！　来る日も、来る日もくだらない朝礼ばっかりしやがって、たまには私たちのお役に立て！　お前、いい加減奮い立て！」

もちろん、こんな荒々しい言葉ではなかったけれど、かいつまむとこんなようなことを言った気がする。

さすがの店長もあ然としていた。

「ちょ、ちょっと待ってくださいよ。何をそんなに怒ってるんですか？　私はいつも谷原京子さんに言われるまま版元にメールしていますよ」

「一冊も入ってきた例（ためし）しがないじゃないか！」

「そんなの私は知らないですよ」

「どうしてだ！」

「いや、だから——」

「それはあんたに驚くほど人望がないからだ！」

自分で尋ねておきながら、私は決めつけるように言い放った。直後、店長の眉毛がさびしそうに歪（ゆが）んだ。

そのとき一瞬……、本当に一瞬だけ、私は大昔に実家の近所で飼われていたイタリアングレーハウンドという種類の犬のことを思い出した。もともと細身の犬種だったが、亡くなる前は直視できないくらい痩せ細ってしまっていた。私は近所の家に毎日のように通って、ただひたすら泣いていた。

そんな古い記憶が脳裏を過ぎりかけ、ふと店長を許してあげたくなった。が、間の悪いことにかけては店長の右に出る者はいない。狭いバックヤードになぜか置かれているテレビに映ったのは、例のカリスマ書店員を擁する〈リバティ書店〉神田本店の特集ニュースだった。

店の入り口に、某大御所作家の新刊本がバカみたいに高く積まれていた。インタビューに応じていた田島春彦という店長が「どうです？　壮観でしょ？　僕はこれを〝スカイツリー積み〟と命名してるんですよね」などと言っていた。

いわゆる〝どや顔〟というヤツだ。幸いにもそれは『糸魚川断層連続ニラ殺人事件』ではなかったけれど、うちの店長とは別種の軽薄さに、私の全身の細胞という細胞が激しく震えた。

「おい、このクソ店長……」

そのあまりの間の悪さに、心の声がついに漏れた。

「え、私のことですか？」と、つぶらな目をパチクリさせた店長に、今度はイタリアングレーハウンドは重ならない。

「あんたのことに決まってるだろう！　あんたたちは何を悠長に〝スカイツリー積み〟を許してるんだよ！　怒れよ！　声を上げろ！　大手にこんなことさせてるから、うちみたいな弱小にいつまでも本が入ってこないんだよ！　貴様、もうそろそろ奮い立て！」

逆恨みとわかっていた。でも、一介の契約社員に襟首をつかまれながらもヘラヘラし続ける店長のことが、私はどうしても許せなかった。

そんな一問着（ひともんちゃく）のあった本が『モーニング・フライト』で取り上げられるという。「売りたかった本」が「確実に売れる本」に化け、しかしそれは売るべき時期に店にない。忸怩（じくじ）たる思いはあるし、考えれば考えるほど腹も立つ。でも、イライラするだけ自分が損することを私はもう知っている。

同じように数日前のファックスを見たはずの店長は、何を感じているのだろう。いや、何も感じていないに違いない。いつもの朝礼よりさらに張り切っているなと感じたとき、私は今日が水曜だと認識した。

店長が朝礼で激しさを露（あら）わにするのは、水曜日と決まっている。

「いいですか、みなさん！　本来ならばこんなこと言いたくはないのです。しかし、最近みなさんあまりにも元気がなさすぎます！　その理由を考えてみて、私はある一つの答えに辿り着きました。わかりますか？　そう、この朝礼そのものにまったく活気がないということに私は気づいてしまったのです！」

おいおい、選挙にでも出るつもりかよ……という不満をグッと押し殺して、私はうつむき続けていた。

顔を上げなくとも、仲間の表情は目に浮かぶ。店中に渦巻く、苛立ち、辟易、憤り……。本当に心の強い人だ。もしいつか自分が店長になる日が来たら、そのときはもちろん固辞するけれど、私はこの空気に耐えられない。

吉祥寺本店に限らず、全六店舗の〈武蔵野書店〉の各店長の公休日は、火曜と木曜と決まっている。

一見すれば週休二日を確保されているようだが、そうではない。一代で〈武蔵野書店〉を立ち上げた辣腕オーナー・柏木雄三社長が、週に一度の店長会議を火曜日の午後と設定しているのである。

つまり各店の店長は貴重な休日を献上しているという格好だ。そんな暴挙、いくらでも文句が出てきそうなものなのに、会社創設四十年の歴史上、そうした例はただの一度もないと聞いている。七十歳を過ぎ、いまなお鼻息荒い社長をみんな心底おそれている。〈武蔵野書店〉の棚で何年も放置されている辞書に、残念ながらまだ『パワハラ』の項目は存在しない。

何せ本店の店長があの体たらくだ。どの店舗の店長も似たり寄ったりのボンクラというウワサだけれど、さすがにこればかりは同情する。何が悲しくて貴重な休みに社長宅に呼び出されて、ときに餅をつきながら、ときにのみたくもない酒をのみながら、くどくどと「昨対が」「昨対が」と、昨年の同月比の売り上げについてイヤミをぶつけられなければならないのか。

大半の店長がウンザリする日に違いない。いや、「大半」と表現するのはきっと正しくないのだろう。六店舗中五店舗の店長たちは、週に一度の最低で最悪の憂鬱な時間を過ごしているはずだ。

では、残りの一人とは誰(だれ)なのか？　そんなもの我らが山本店長に決まっている。ならば、山本店長はその週に一度の店長会議をどう捉(とら)えているのだろう？　驚くべきことに心待ちにしているのである。

いつかの正月休み明けの月曜日、私は残業中に本人の口から聞いてしまった。

「ああ、明日が楽しみだなぁ」

いまなら絶対に聞こえないフリを決め込んでいるはずだけれど、当時の私はまだまだウブだった。いかにも話を聞いて欲しそうな店長に「そういえば明日って休みなんですよね。何かするんですか？」と尋ねてしまった。

店長は待ってましたとばかりに「社長の家で店長会議だよ」と胸を張った。「店長会議？」と繰り返した私を見つめ、「うん。明日は各店の店長対抗で羽根突き大会をするんだ」と子どものように破顔した。

言葉の意味も、笑顔の理由もわからなすぎて、私は「ああ……。なるほどですね」と答えるしかなかった。羽根突きも含めてあまりにも「？」が重なりすぎて、ひどく孤独な気持ちになったのを覚えている。

ともあれ、山本店長は〈武蔵野書店〉きっての親社長派だ。心より信奉しきっている様子なのが救いがない。いっそそれが出世欲のためであってくれた方が安心するくらいだ。

いきなり「朝礼」について触れてきたこの日も、店長はうっとりした顔でまくし立てた。

「昨日の店長会議で、弊社の社長がこんなことを言っていました！　一年の計が元旦にあるのと同じように、一日の計は朝にある。朝を制する者が一日を制す。そして、君よ憤怒の朝を渉れと。私にはどれもこれも染みました」

私にはどれもこれも染みなかった。最後の一つにかんしては意味すらわからない。店長は本当に感極まったように言葉に詰まり、例によって背後に隠していた一冊の本をスタッフたちに見せつけた。

「これはもう二十年も前に弊社の社長がご上梓されたビジネス書です。いま読んでも素晴らしい言葉が並んでいます。この中にも、きちんと朝についての記述があるんですよね。弊社の社長は数十年も前から朝の大切さに気がつかれていたようです」

そんなこと、店長に言われなくても知っている。〈武蔵野書店〉に入社するスタッフは、正社員、契約社員、アルバイトと立場にかかわらず、みんな社長の書いた『生きる心得』を読まされている。

恍惚の表情を浮かべる店長の瞳が、ついに光った。こうなったらもう止まらない。親指で大げさに目もとを拭う店長に、いい予感は抱けない。

「この中に朝礼の描写もありました」

いや、やめろ。ちょっと待て。

「弊社の社長は朝礼で感情をむき出しにすることの効用を語っておられます」

だからやめろって。

「そこで私はこちらの本も読んでみました。とても感銘を受けることばかりでした。良かったらお貸しいたしますので、みなさんも読んでみてください」

社長の本のうしろから、違う本が現れた。その表紙には『スタッフのやる気が爆発する　全身全霊、男の朝礼！』という文字が見えている。もちろん、その本も知っている。何年か前になぜかヒットした自己啓発本だ。

私はすべての自己啓発本を否定しようとは思わない。いや、一冊たりとも否定しない。私たちはみんな何かに依って生きている。そこに救いがあるのなら、どんなうさんくさい自己啓発本でも、得体の知れない宗教であっても、思う存分頼ればいい。私にとっては小説こそが最高の自己啓発本であるはずだし、生きる上での道標だとも思っている。

しかし、そこに絶対に介在させてはいけないものがあるとも思っている。「強要」だ。本を読んで、感銘を受けるだけならいい。それを自分の身に活かし、思う存分、明日を生き抜く活力にすればいい。

けれど、他人に強要することだけはしちゃいけない。そこに強要が介在してくるから、無用な誤解と、不寛容が生み出され、世界はこんなにも息苦しいのだ。ねぇ、そうでしょう？　わかるよね、店長――。

そんな私の心の声など、もちろんこのボンクラには届かない。店長はやさしくスタッフに語りかける。

「みなさん、今日から私と一緒に生まれ変わりましょう」

だから、おいって！

「私と一緒に新しい一歩を踏み出しましょう？」

お前、いい加減にしろよ。

「恥ずかしがることはありません。私たちは同じ船に乗った船員なのです。もちろん、その船のキャプテンはこの私です。この私であり、弊社の社長です！」

どっちだよ！　だとしたらそんなもん「泥船」確定だ。っていうか「弊社」「弊社」ってうるせぇな！　そもそも誤用だ。一度辞書を引いてみろ！

私は爆発寸前だった。ああ、もう神さま！　お願いだからこのバカを止めてくれ！　そんな切実な心の叫びは、しかし微笑む店長に一蹴された。

「たしかに私はポンコツでした！」

突然の金切り声が、かろうじて保たれていた朝のさわやかな空気をぶち壊した。私には何が起きたかわからなかったし、他のスタッフたちもポカンとしている。

呆気にとられた面々を置き去りにして、店長はさらに声を張る。

「たしかに私はポンコツでした！」

いや、だから急にどうしたんだよ！　お前がポンコツなことくらいここにいる全員が知ってるって！

しばらくみんなを不思議そうな目で眺めたあと、なぜか呆れたように肩で息を吐いたのは店長の方だった。

「ここまでみなさんがシャイだったとは驚きです。そりゃ気持ちはわかります。私だって恥ずかしいんです。でも、私たちは生まれ変わらなきゃいけないはずですよね。さぁ、一歩踏み出してみませんか？」

諭すようにつぶやいて、店長は三たび声を上げた。

「たしかに私はポンコツでした！」

いったいどんなことがその分厚い本に書いてあるのだろう？　おそらくは店長が意図するのとはまったく違う方向性で、私は『男の朝礼』を読んでみようと決意する。

朝礼をすることはかまわない。百歩譲れば、大声を強制するのも理解はできる。だけど、おい。いくらなんでも「ポンコツ」をスタッフに強要するのはやり過ぎだ。

そんな店長の暴挙に応じる人間が一人だけいた。

「わ、わ、私はたしかにポンコツでした……」

頬を真っ赤に染め、うつむきながら小声で言うのは、この店の最年少アルバイトの木梨祐子さんだった。

　私は木梨さんが他の誰よりもポンコツじゃないことを知っている。だからこそ店長を一人にしてはならないと、勇気を振り絞ったのだろう。

　まだ大学生の女の子にとんでもないものを背負わせている——。私は胸の奥底が締めつけられた。

　店長に対する憎しみがみるみる芽生えていく一方で、木梨さんに対して申し訳なくて仕方がなかった。


　幸いにも絶叫系の朝礼は定着しなかったが、アルバイトの子たちも含め、ついに店長の威厳は地に落ちた。

　私も徹底無視を決めこむようになった。久しぶりに口を利いたのは、朝礼事件があった日から二週間後、例によって水曜日のことだった。

「今日、弊社の社長が視察に訪れます」

「えっ……」と思わず口にしたあとで、私は「あ、しまった」と声に出してしまった。二週間も避け続けた努力が水泡に帰した瞬間だった。

　店長にいぶかしむ様子はない。

「絶対にスタッフには言わないように伝えられていたんですけどね。谷原京子さんにはお伝えしといた方がいいと思って」

「なんで私ですか?」

「弊社の柏木雄三社長、本店の売り上げに相当おかんむりなんです。『本店のくせにどうなってるんだ!』と、昨日も大目玉を食らってしまいまして。とくに文芸書の売り上げが気に入らないらしく……。いや、私も谷原京子さんを守ろうとしたんですよ。でも、ああいった方ですからなかなか聞く耳を持っていただけなくて」

店長の言っている意味を把握するのに、少し時間がかかった。のど元でガルルルッという音が鳴るのを自覚しながら、私は半年前の、あの忌まわしい出来事を思い出す。

「日本文芸はもう終わった。これからの書店は生き残りを賭(か)けてコングロマリット化していかなければならない」

おそらく「多種目の業種を営む大企業」を意味する「コングロマリット」の言葉をはき違えたまま社長が言い出し、それを受けた各店の店長からそれぞれの現場のスタッフに下りてきた日のことだ。

社長の良くないウワサは飽きるほど聞いてきたが、私など一介の契約社員にすぎない。正直に言えば、自分に危害さえなければどうでもいいと思っていた。

直接的(ちょくせつてき)な「害」を感じたのは、このときがはじめてだった。私は日本文芸が終わったとは思っていない。たしかに〈武蔵野書店〉に入社して以来、文芸書全体の売り上げは毎年落ち込んでいたけれど、この一年は緩やかとはいえ持ち直した。底を打ったという感じが私にはあったし、ならばこれからどう仕掛けていこうかと燃えていた矢先だった。

何を聞きかじってのことか知らないけれど、社長が吐いたという暴言を私は聞き流すことができなかった。

その暴言からわずか数日後、トップダウン式に『文芸書売り場を縮小。吉祥寺というオシャレな土地柄を活かし、雑貨コーナーを充実させること』というファックスが社長室から送られてきたときは、涙まで流して荒れに荒れた。振り返れば、店長に面と向かって怒りをぶつけたのもこのときがはじめてだったと思う。

「絶対にあり得ない！　こんなことがまかり通るなら私はもうこの店にいられません！」

親社長派として知られる店長ではあったが、勢いに気圧（けお）されたのだろう。このときばかりは私に加勢してくれた。

「私もファックスを見ましたよ。さすがにこれは社長が間違っていると思います！　〈武蔵野書店〉はあくまでも〈書店〉です。それがわからない弊社の社長ではないはずです！　大丈夫ですよ、谷原京子さん。今日、仕事終わりに私がご自宅を訪ねてきます」

ああ、すごいや。やっぱり店長って頼りになる――。私がそう感じた、これが最後の瞬間だった。

その日の終業後、店長は本当に肩を怒らせて社長の自宅を訪ねていった。そこで両者の間にどんなやり取りがあったのか、私は知らない。

わかっているのは、翌朝、誰よりも早く出社していた店長が嬉しそうに入り口そばの一等地の平台の寸法をメジャーで測っていたことだ。

私からは理由を尋ねなかった。店長が自ら語り出した。口調に言い訳めいたところが一つもないのが私には不気味で、あまりにも救いがなかった。

「いやぁ、弊社の社長って意外とセンスがいいんですよ。ここに置く雑貨のサンプルを見せてもらったんですけど、すごくかわいくて。谷原京子さんにも見せてあげたかったな。いや、これは本当にワンチャンあるかもしれないですよ」

店長が「センスがいい」ともて囃し、「ワンチャンあるかも」と期待を寄せた、かつて見たことのない緑色のブタのキャラクターグッズは、私にはどう贔屓目に見てもカワイイとは思えなかった。

そのイラストの描かれた、その形の模された数々のクリアファイルが、マグカップが、ノートが、ペンケースが、ストラップが、これまで私が大切に育んできた一等地の平台を容赦なく埋め尽くした。

「本当にもう辞めようかな」

思わず独りごちた私の肩に手を置いて、まだ退社する前の小柳さんが「あんたの気持ちはわかる。でも、辞めるのはいまじゃない」と言ってくれた。

目頭が熱くなるのを自覚しながら、私はすがるように尋ねていた。

「じゃあ、いつなら辞めていいんですか？」

「ちょっと、谷原？」

「こんなのひどくないですか？　私たちって、激務のくせに薄給だってよく揶揄されてますよね？　賃金の代わりにやる気につながる何かを与えていれば、スタッフは文句を言わずに働いてるって」

「ああ、やりがいの搾取ってやつね。やりがいさえ与えておけば、社員は給料が安くても喜んで働くっていう。一時期雑誌にもよく出てた」

「私たちはその〝やりがい〟まで取り上げられてるじゃないですか」

「何？」

「いいんですよ。自分で望んで飛び込んできたんですから。べつに私は賃金が安かろうが、他の業界の人から笑われていようがかまいません。でも、せめてそのやりがいだけは感じさせていてくださいよ。それまで奪われちゃったら、私たちは何を目的に働いたらいいかわからないじゃないですか！」

しまいには小柳さんを責める口調になっていた。私は本当に心が折れた。何度も辞めようと思ってきたけれど、このときほど強く思ったことはない。

しばらく私の目をじっと見つめたあと、小柳さんは諦(あきら)めたように肩を揺らした。そして、しみじみとつぶやいた。

「わかった。辞めよう」

「え?」

「私もこんなもんが売れるとは思っていない。いい場所に置いたからって、こんなしょうもないものが売れるほど商売は甘くない。だからさ、もし……。本当に万が一これが売れて、私たちのセンスのなさが証明されて、アホ社長とバカ店長が正しかったって証明されたら、そのときは堂々と二人で辞めよう。私も一緒に辞めてあげる」

そう言ってくれた唯一の味方、小柳さんは違う理由でもういない。でも、いまも私が〈武蔵野書店〉で働いているということは、緑のブタの雑貨シリーズがまったく売れなかったということだ。

当たり前だ。社長はファックスに『吉祥寺というオシャレな土地柄を存分に活かし――』と記していたが、そもそも〈武蔵野書店〉吉祥寺本店は、前後左右すべての斜め、みんな雑貨屋というとんでもない立地である。ぽっと出の書店が雑貨で戦えるほど甘くはないし、そのコンテンツが緑のブタじゃなおさらだ。

雑貨に大切な売り場を奪われてしまえば、本の売り上げは落ち込むに決まっている。社長や店長はそうした一連の出来事をまさか覚えていないのか。どんな思考回路を持っていれば、「本店の売り上げに相当おかんむり」になれるのだろう。「文芸書の売り上げが気に入らない」などと口にすることができるのか。

いろいろと想像を巡らせてみたが、私には見当もつかなかった。

社長が本店の視察にやって来た。あれほど「内密に」「他のスタッフに気づかれないように」と口止めしていながら、社長以下、五人もの背広姿のいかついおじさんたちがぞろぞろ歩いていたらただ事じゃないのはバカでもわかる。

何せ、当の店長が「社長！」「いや、社長！」と大騒ぎしているのだ。社長たちが学習参考書のコーナーに向かった一瞬の隙に、「あの方が弊社の社長です。内密にお願いします」と小声で言ってくる店長のことが、私にはいよいよわからなかった。

秘書や他店の店長を引き連れ、店内をくまなく回って、社長たち一行は満を持して文芸書コーナーにやって来た。

これまで散々不満を抱えてきたが、さすがに店長から「当店の文芸担当の谷原京子です」と紹介されたときは、緊張から身体が硬直した。

はじめて面と向かった柏木社長は、眼光鋭かった。普段、書店ではなかなかお目にかからない、品はなくても高級そうなダブルのスーツも威圧感を醸し出すのに一役買っている。豆タンクのように肉厚な身体にも目を奪われた。かすかに漂う酒の香りで、かなり酒癖が悪いというウワサを思い出した。

「お前が文芸担当者か」

地を這うような低い声が轟く。他のスタッフにも「お前」呼ばわりだったので、そのことに対して思うことはべつにない。

ただ、声色は少し違った。あきらかに怒りを孕んでいたし、周りの取り巻きたちの表情が緊張から引きつるのがわかった。

「はい。そうです」

覚悟を決めた私に向けて、社長は鼻を鳴らす。

「お前には自分が本店の文芸担当者という自覚があるのか」

「はい？」

「はい？　じゃない。あるのか、ないのか聞いてるんだ」

「それは、もちろんありますけど」

「なんだ、その言い方は」

「だから、あるって言ってるんです」

空気がピンと張りつめる。怯みそうになるよりも、どうでもいいや、という気持ちが若干優った。周囲の大人たちがどれだけ緊張していようが……、いや、いい大人たちがガチガチになっているからこそ、なんだかバカらしくなった。

私には失うものがない。養うべき家族がいるわけでなければ、三十万円を超える給料をもらっているわけでもない。そもそも契約社員という立場だし、何よりもこんなオッサンに罵声を浴びせられるような生ぬるい仕事はしていない！

取り巻きたちが心配そうにすればするほど、私は開き直れた。だからといって、こんな小娘に気圧されるような社長じゃない。

「じゃあ、この体たらくはどういうことだ？」

「どういう意味ですか？」

「昨対九十一％という数字を、お前はどう捉えているかって聞いてるんだ！　本店がこんなザマじゃ他に示しがつかないだろう！」

営業中だというのに、ついに社長の怒声が店に響く。お客様も、他のスタッフもいっせいにこちらに顔を向けるのがわかったが、私はマジマジと社長を見ていた。きっと笑っているに違いない。「あんたが本気でキレたときって、瞳孔開いて笑ってるって知ってた？」と、いつか小柳さんに指摘された。

去年の同月より九％も売り上げが落ち込んでいるのは、むろん憂慮すべきことである。担当者として恥ずべきことなのかもしれないけれど、私は絶対に謝らない。私は売り上げが九％も落ち込んだ理由を知っている。去年のいま頃、あの忌まわしい緑のブタはまだ一匹もいなかった。

「何か言いたいことでもあるのか？」

のどがガルッと音を立てた。緊張感などとうに消え失(う)せ、むしろ解放感が充(み)ちていた。

これでようやく辞められる——。そう思った次の瞬間、肩に手を置いてくる者がいた。

「谷原京子さん」

いつも鬱陶しいと思う声が、いつも以上に鬱陶しい。瞳孔を開いたまま手をはね除(の)けた私に向け、声の主はさらに強く言ってくる。

「谷原！」

私はあごをしゃくりながら振り返った。吹き出しをつけるとしたら「ああん？」という感じだろう。目を覗(のぞ)き込んだ店長は弱々しく眉を垂れている。申し訳ないというような、気持ちはわかるというふうな。

その表情に感じることはなかったが、このとき、ふと「谷原」と呼びつけにされたのがはじめてだと気づいた。

次の瞬間、直前までの怒りが不思議と消えた。諭されたとは思わない。やっぱりどうでもいいと感じたのだ。こんなことで怒っている自分が、なんだかひどく憐(あわ)れに思えた。

退屈そうにやり取りを見つめていた社長が、再びふんっと鼻を鳴らす。

「谷原っていうのか。お前は一冊でも多く本を売るためにどんな努力をしてる？　たとえば大手書店の偵察なんかはしているのか？　俺(おれ)だっていろいろ回っているぞ。どこもかしこも売るための仕掛けをしている。俺はまだ直接見ていないが、神田のリバティ書店なんか本当にすごい。こないだニュースで特集されていたが、あそこの〝スカイツリー積み〟は圧巻だ。ああいう仕掛けをすることで、うちだって戦うことができるんじゃないのか？」

何が「俺だって回っている」だ。臆面もなくウソまで吐きやがって。しみじみとつぶやく社長の言葉は何一つ胸に刺さらない。

何も言い返さなかった代わりに、相づちさえ打たなかった。途中から私はうつむきながら笑っていて、それを隠すのに必死だった。小柳さんの言葉を思い出すまでもなく、怒りを抑えるのが大変だった。

反応がないことに呆れた様子を見せ、社長はおつきの社員に「帰るぞ」と口にする。そして去り際、店長によって美しく陳列された例の緑のブタグッズに目を向けて、吐き捨てるようにつぶやいた。

「こんなもんいつまでやってるんだ。だから、売り上げが伸びないんだよ」

店長は「おっしゃる通りです！」と手を揉んだ。いったい何をしに来たのだろう。とんだ茶番劇だった。

社長一行が店から消えて、ようやく私は乾いた笑い声を上げられた。

私は生まれてはじめて「始末書」を書くことを命じられた。店のパソコンを立ち上げ、書き方と例文について調べたのは「退職届」の方だった。

会社に対して伝えたいこともとくになく、あっという間に書き上げた。あとは直接渡すだけだというのに、そういうときに限って研修だ、出張だと、店長はなかなかつかまらない。

退職届を書いて一週間ほど過ぎたある日、私は店で残業をしていた。溜まっていたいくつかのPOPを、営業時間後に書いてしまいたかった。

他のスタッフがみな帰り、私も私服になって一息吐いた。そのとき、背後から「あの、谷原さん。いまいいですか？」と声をかけてきたのは、大学生アルバイトの木梨さんだった。

「ああ、木梨さん。おつかれさま。どうかした？」

「ちょっとお話がありまして」

「あ、そうなの？」

じゃあ、ちょっとお茶でも飲みにいこうか？　と言いかけて、私は今月本を買いすぎてしまったことを思い出した。次の給料日までの残り十日を、一日二百円強でやりくりしなければならない身だ。

「お茶でいいかな？」

「あ、全然。気にしないでください」

「ううん。私もココア飲みたいから」

私はなけなしの二百円強を一丁前にバックヤードに設置された自販機に投入した。カワイイ後輩のためなら、一日分の生活費なんて惜しくない。

「はい、どうぞ。話って？」

　私は木梨さんに温かい紅茶を差し出して、デスク越しに向き合った。普段のモスグリーンの地味なエプロン姿とは違い、淡いアイボリーのワンピースを着た木梨さんは、それだけで私とは違う育ちの良さがうかがえる。

「私、来月お店を辞めることになりました」

「え、なんで？」

「就職、決まったんです。おかげさまで」

　そう言われて、私は木梨さんがよくリクルートスーツで出社していたことを思い出した。あの頃はまだほとんど口を利いていなかったし、あまり気にかけなかったが、そうか、就職活動をしていたのか。

「おかげさまなんてとんでもない。謙遜(けんそん)でもなんでもなく、私は何もしてないよ。そうか、良かったね。どんな会社？」

　たいした質問をしたつもりはなかったのに、木梨さんは唇を噛(か)みしめ、なぜか「いえ、谷原さんのおかげなんです」などと言ってくる。

　意味がわからず、私は首をひねった。木梨さんは鋭く私を見つめていたが、少しすると諦めたように目を瞬かせた。

「往来館に決まったんです」

「え?」

「ずっと出版社を回っていて、なかなかうまくいかなかったんですけど、なんか最後の最後で引っかかってくれて」

「へ、へぇ、そうなんだ。すごいね。おめでとう。すごいよ、木梨さん、往来館の社員になるのか。ええ、いいなぁ。いきなり高給取りになるんだね」

口にしてから、息をのんだ。決してイヤミを言ったつもりはない。でも、顔が引きつっていない自信もない。

ただでさえ給料がいいことで知られている出版業界にあって、最大手の往来館はずば抜けていいと聞いている。いま現在大学生で、千円にも満たない時給で働いている目の前のこの子が、春には信じられないような待遇で働いている。

べつに出版社の人に屈託を抱いているつもりはないし、アルバイトスタッフを見下したこともない。だとしたら、この悶々とした気持ちは何なのだろう。退職届をカバンにしまい、明日にも無職になろうとしている二十八歳の自分の身と比較すると、笑顔は自然と引きつってしまう。そもそも比較していることが最悪だ。

続けた言葉もひどかった。

「往来館入ったら、ちゃんとうちにも本入れてよね」

木梨さんの表情が申し訳なさそうに歪む。万が一でも「申し訳ありません」などと言われていたら、きっと私は自分の気持ちを制御できなかったに違いない。

もちろん、木梨さんはそんな他人の気持ちを蹂躙（じゅうりん）するような人間じゃない。

「面接でまさにその話をしたんです。というか、谷原さんの話をしたんです」

「え、ごめん。何？」

「往来館の最終面接で、はじめて谷原さんの話をさせてもらいました。それまでの会社でも書店でアルバイトしていることをたくさん聞かれて、でも我ながらおもしろい話ができなくて。だからなのか、往来館でも同じことを聞かれたときに、咄嗟（とっさ）に口をついたんです。日頃感じている往来館へのムカつきと、尊敬する先輩のこと」

「いや、ちょっと待ってよ。尊敬って……」

「私、谷原さんのことをすごいって思ってました。こんなこと言うのは気が引けますけど、この会社の上の人たち、話の通じない人ばっかりじゃないですか。そんな中で一人で戦っていて、すごい数の本を読まれているし、何も諦めていないし、私は救われる気がしてたんです。そんな人を失望させる出版社であっていいのかって言いました。やりづらそうに苦笑いしている面接官もいましたけど、真剣にうなずいてくれる方もいたんです。だから、その人たちに向けて言いました。谷原さんがいなかったら、私はとっくに出版業界に絶望していたって」

興奮して顔を赤く染める木梨さんが、とても愛らしかった。私は自分の下卑た根性を一瞬にして恥じて、むしろ救われるのは自分の方だと言いたくなった。

木梨さんといろんな話をしたかった。実は自分が全然戦えていないことも、たいした数の本しか読めていないことも、もうすっかり諦めてしまったことも、何よりも話のわからないこの会社のポンコツたちのことを、年下のこの子と話したかった。

財布の中身を想像した。もう今月は飲まず食わずでもかまわない。強い気持ちを持って「木梨さん――」と切り出したときだった。

私たちの甘美な時間を切り裂くような電話のベルが、夜の店内に響き渡った。時刻は夜の十時半。あきらかに普通じゃない時間帯だ。

私はいい予感を抱くことはできなかったし、事実、それは耳を疑うような相手からの、耳を疑うような内容だった。

受話器を置いてすぐ私は木梨さんに謝った。

「木梨さん、ごめん。今日はもう帰ってもらっていい？」

「何かあったんですか？　もしお邪魔じゃなかったら私も手伝います」

「ああ、うん。ありがとう。でも、それはさせられない」

「でも――」

「ごめんね。アルバイトのあなたを関（かか）わらせるわけにはいかないの」

木梨さんはまだ諦めのつかない顔をしていたけれど、私は強引に笑みを浮かべて「本当にありがとう。今度またのみに行こうね」と締めくくった。

木梨さんが店を出ていくのを確認して、私は店長に電話を入れた。首尾良く吉祥寺駅の近くにいることを確認すると、私は戸締まりをして店を出て、駅で店長と合流してそのまま中央線に飛び乗った。

「ごめんなさい。先ほどの電話ではよくわかりませんでした。もう一度教えてもらってよろしいですか？」

店長があわてた様子で尋ねてくる。私にもよくわからない電話だった。相手は『〈リバティ書店〉神田本店』を名乗っていた。その店長だという人が『閉店間際に万引き犯を捕まえた』『武蔵野書店の人間だと言い張っている』『酔っ払っていて埒が明かない』『吉祥寺本店の山本猛を呼んでくれの一点張り』『そういう人は存在しますか？』……。

怪訝そうにする木梨さんの手前、混乱することはできなかった。でも、書店員が他の書店で万引きを働くなんて前代未聞だ。

さすがに何かの間違いだと思った。信じ込みたかったわけではない。書店員という立場の人間が本を盗むなんてあり得ない。それがどれだけ心を切り裂かれる行為かということを、私たちはイヤというほど知っている。

絶対に違うと自分に言い聞かせながら、私は冷静に質問した。

「山本というのは当店の店長です。すみません、その者はなんて名乗っていますか？」

『それが全然言おうとしないんだよね』

「なんとか聞き出していただけませんでしょうか?」

『うーん。ちょっと待っててね』

直後、ねぇ、おじさん名前は? と受話器の向こうから聞こえてきた。少しの間、何かやり取りする様子があって、男性は再び電話に出た。

『よく聞き取れないんだけど、なんか柏木とか言ってるのかな』

一瞬、本当に一瞬だけ、私は安堵(あんど)の息を吐いた。〈武蔵野書店〉吉祥寺本店に、柏木などというスタッフは存在しないからだ。けれど……。

私は吐いた息をのみ込んだ。吉祥寺本店にはいなくても、〈武蔵野書店〉全体ではたしかに柏木が存在する。

一通り説明をしたあとは、電車の中でも、乗り換えた駅でも、神保町の駅を降りたあとも、私たちはずっと無言だった。

すでに灯(あか)りは落ちていたが、さすが〈リバティ書店〉には専属らしき守衛さんがいた。事情を説明すると察しよく事務所につないでくれて、入り口の前で緊張しながら待っていると、すぐに人がやって来た。

私に電話をくれた人ではなさそうだ。すっと背の高い女の人がカードを手に立っている。自動ドアが開いて、ハッとした。雑誌やネットで何度も見たことある顔だ。こんなにスタイルのいい人とは知らなかった。

「ご足労いただいてすみませんー」

どこか人を食ったように言ったのは、私もずっと憧れていた、カリスマ書店員として知られている佐々木陽子さんだった。

「どうぞー。暗いから気をつけてくださいね」

案内された入り口付近に、高く積み上げられた本の山がボンヤリ見えている。例の〝スカイツリー積み〟ではなかったけれど、本が段々に積み上げられ、さながら〝らせん階段積み〟といったところだろう。

エレベーターに乗って案内された四階の事務所には、酒の臭いが充満していた。つい一週間ほど前、私はこれと同じ種類の臭いを嗅いでいる。

「社長！」

それまで無言を貫いていた山本店長の声が轟いた。突然の大声に私はギョッとしたし、おそらくは違う理由で〈リバティ書店〉の二人は大きく目を見開いた。

しばらくの静寂のあと、「ほらね。何か変だと思ったんだよ。社長って……。警察なんかに突き出さなくて良かった」と、佐々木さんが独り言のように口にする。

社長はうなだれていた。「俺が何をしたっていうんだ……」と力なく繰り返し、いまにも泣き出しそうな顔をしている。

「社長なんですか？　おたくの？」

あんぐりと口を開いた男性が、きっと店に電話をくれた人なのだろう。テレビで顔を見たことがある。胸の札には〈リバティ書店・神田本店　店長　田島春彦〉という文字が誇らしげに綴られている。

普段、負けじと誇らしく〈武蔵野書店・吉祥寺本店　店長〉のバッジをつけている山本猛店長が、すごむように言い放った。

「いったい何があったかご説明いただけますか？」

「いや、説明っていいますか……」

「いいからご説明いただきたい。場合によっては責任問題になりますよ？　弊社の社長をこんな目に遭わせておいて、ただで済むとは思わないでいただきたい！」

私は思わず「はぁ？」と漏らした。さすがに私も社長が万引きを働いたとは思わない。田島店長から電話をもらったとき、真っ先に特定の誰かを疑わず、「何かの間違いだ」と思った自分自身を少しだけ褒めてあげたい。社長の人間性なんて一ミリも信頼していないけれど、曲がりなりにも書店の経営者である以上、他店で万引きなんてあり得ない。

だからといって、田島店長が伊達や酔狂でこんなマネをしているはずもない。よほど誤解を受けるようなマネを〝弊社〟のバカ社長がしでかしたのだ。さらに上回るバカな店長が、すごむ道理は一つもない。

私が〈リバティ書店〉のスタッフなら怒るだろうと思った。案の定、田島店長はキツネ型の目をさらに鋭く釣り上げた。

「ど、どうしてあんたにそんなに偉そうにされなきゃいけないんだ！　当社としては当社のマニュアルに照らし合わせて、つつがなく処理したまでのことだ！」

「貴社のマニュアルとはなんだ！」

「そ、そ、そんなこと説明する義理はない！　ともかく御社の社長がベロベロの状態で来店されて、本を持ったままふらふらと外に出ていったんだ」

「だったら名実ともに万引きじゃないか！」

「ち、違うんだ……。あのときたまたま携帯が鳴ったから……。俺は本を持っていたなんて本当に気づいてなくて……」と、本当にベロベロの社長が必死に間に入ろうとしたが、怒れる二人の店長の耳には届かない。

「だから私は万引きを疑ったんだよ！」

「だったら容赦なく警察に突き出せよ！」

「なっ！　あんたは何を言ってるんだよ？　御社の大切な社長だろう！」

「あんたは肩書きで人を判断する人間か！」

「なんだと？」

「この方が弊社の大切な社長であろうがなかろうが関係ない！　一度万引きを疑ったものは最後

まで疑い抜けよ！」

「あんた、自分の言っている意味がわかってるのか？」

「わかってる！」

「ああ、じゃあもういい！　警察でもなんでも呼んでやらぁ！」

「おう、呼べ呼べ！　警察でも公安でもなんでも連れてこい！」

「だ、だ、だから違うんだ……。俺は……、俺は本当に……」

弊社と、御社と、当社と、貴社とがこんがらがって、見事なまでの泥仕合だった。小説で読むカッコいい男たちのケンカとほど遠い。両店長とも同い年くらいだろうか。痩せぎすで、和紙のように肌が真っ白で、しまいには組み合った腕のなんて貧相なことだろう。

私はなんかどうでも良くなってしまった。男たちがここで殴り合いを始めようが、警察が来ようが、社長が嘔吐(おうと)して阿鼻叫喚(あびきょうかん)になろうがどうでもいい。

そう思ったのは私だけではなかったらしい。

「ねぇ、帰らない？」

ゆっくりと声の方に目を向けると、佐々木さんがこちらを見ていた。呆れ、諦め、それをはるかに上回る辟易。私はたまらず笑ってしまう。自分もまったく同じ顔をしているだろうと思ったからだ。

「なんかどうでも良くなっちゃった」

「ホントですね」

「あなた、名前は？」

「谷原です。谷原京子」

「じゃあ、谷原さん。谷原さんってお酒のめる？」

「はい。のめます」と答えながら、私は佐々木さんに親近感を抱いた。私も簡単に人を下の名前で呼ぶことができないタイプだ。たとえ似たような匂(にお)いを感じたとしても、出会って間もない人を「〇〇ちゃん」と呼ぶことができない。だから書店員という仕事をしている……というのは言い過ぎかもしれないけれど、人との距離の取り方と読書率は何かしらの因果関係がある気がしてならない。

店を出たところで、私は〈美晴〉に行かないかと佐々木さんに提案した。ゆっくり話したいと思ったのも、神保町と神楽坂が近いというのも理由の一つだ。でも、一番の理由は〈美晴〉だけがお金がなくてものめる場所であることだ。

その意図を気づかれたかはわからないけれど、佐々木さんはいぶかることなく「いいね。おもしろそう」と笑ってくれた。

店には親父と石野恵奈子さんしかいなかった。最近、二人は妙に仲がいい。私が戸を開けたことに、親父はあきらかに落胆した仕草を見せ、私は「エロ親父」と口だけを動かした。石野さんは私に目配せするだけだ。

キンキンに冷えたビールで乾杯すると、佐々木さんは「ぷはーっ」とおじさんのような声を上げた。

たしか私より五つ年上であったはずだ。三十三歳。聞いてみたいことはたくさんある。読む本をどうやって選んでいるのか、カリスマとして脚光を浴びることに恐怖はないのか、作家さんとの距離の取り方をどうしているのか、結婚についてどのように思っているのか、書店員は一生続けていける仕事なのか、そもそもどうして書店員になったのか……。そんなことを頭の中で整理して、私ははじめてカバンの中の退職届を思い出した。

先に口を開いたのは佐々木さんの方だった。

「谷原さんのとこの店長さんもなかなかのもんだよねぇ。うちのも結構なもんだけど、そちらさんも大変そう」

しみじみとつぶやいた佐々木さんの言葉に、なぜか親父が「あいつはヤバいぞ」と口をはさんで、石野さんがくすっと笑った。

佐々木さんも鼻で笑い、あらためてというふうに尋ねてくる。

「谷原さん、いまの人で店長って何人目？」

「三人目です」

「一人でもかしこい人っていた？」

「いません」

「うわぁ、即答？」

「タイプはそれぞれ違いましたけど、みんなバカはバカでした」

「だよねぇ。私もみんな苦手でさぁ。なんかさぁ、最近いろいろ思うことあるんだけど、あの人たちも昔は現場のスタッフだったわけだよね？　あの人たちも昔は店長という存在にムカついてたりしてたはずなんだよね」

「はい？」

「店長って、いつからバカになるのかって思ってさ。不思議。バカだから店長になるのか、店長になるからバカになるのか。どうしてこうどいつもこいつもってさ。まぁ、向こうからしてみれば、こっちの方がバカに見えてるのかもしれないけど」

その一言で、私は佐々木さんに店長の話が来ているのだと、そしてそれを固辞しているのだと確信した。

湿っぽい空気になることはなく、私たちは大いにのんで、話し、笑った。佐々木さんは「カリスマ感」を振りかざすことなく、聞けばなんでも答えてくれたし、しがない契約社員にすぎない私なんかとも抱える不満は驚くほど合致していた。

それに気を良くしたわけではなかったけれど、私はなんとなく尋ねてみたくなった。

「あのスカイツリー積みって佐々木さんのアイディアなんですか？」

佐々木さんは一瞬ポカンと口を開いて、すぐにうんざりした顔をした。

「そんなわけないじゃん。店長だよ。私は田舎くさいから止めろって言ってるの。あれ、本は傷むし、お客さまは取りづらいし、良くないんだよね。あ、でも積む本は私が選んでるよ。せめてそれくらい主張しないと、とんでもない本積まれちゃうから」

「『糸魚川断層――』でしたよね。いま積まれてるの」

「うん。読んだ？」

「読みました。それこそ佐々木さんのインタビュー記事を読んで」

「どうだった？」

「めちゃくちゃ良かったです。最近じゃ一番だったかもしれません」

「マジで？　気遣ってない？」

「いえいえ。私、本の感想でウソ吐いたこと一度しかありませんから」

「は？　何それ？　どういう意味？」と興味深そうに尋ねてきた佐々木さんに、私は先日の富田暁先生のトークショーでの顛末を隠すことなく伝えた。

じわじわと歪んでいった佐々木さんの顔が、ぷはっと弾ける。次の瞬間、佐々木さんは私が引くほど大笑いし始めた。

「ちょっと待ってよ！　テレサ・テンって！」と、いつか聞いたのと同じセリフを耳にして、私はボンヤリと視線を逸らした。当然、一緒になって笑っていると思っていた石野さんは、一人でお酒をすすっている。

「はぁ、おかしい。笑ったわぁ」

そんな佐々木さんの言葉をきっかけに、私たちはたくさん本の話をした。最近読んだおもしろい本、人生を変えた一冊、過大評価だと思う作品、信頼を寄せている作家さん……。孤独な気持ちがするすると消える。ああ、こういうことなのかと、私は他人事(ひとごと)のように思っていた。

職場環境に不満はあるし、自分の将来だって不安だ。欲しい本も好きなように買えないし、好きなように買ってしまえばたちまち生活がままならなくなる。頼りになる上司はいないし、何せ店長がバカすぎる。

それでも結局書店で働いているということは、こうして好きな本の話ができる人と、たとえ違う会社であったとしても、思う存分語り合うことができるからだ。

それがやりがいの搾取というなら、きっとそうだ。だけど、この言葉でしか表せない。私たちは本が好きだから、本好きの仲間たちと書店という場所で働いている。小説に出てくる書店員のようにキラキラはしていないけれど、本の話をしているときだけはきちんと胸が弾(はず)んでいる。

「私からも一つ聞いていい？」と、佐々木さんが不意に真顔で尋ねてきた。

「はい。なんでも」

「ひょっとして仕事辞めようとか思ってない？」

「え？」

「谷原さん……、っていうか、もう京子ちゃんでいいや、私とすごく似てるからなんとなくわかるんだよね。退職届をバッグに忍ばせたりしてるでしょ？　もしそうだとしたら、それ、まだしばらくは出せないからね。私の退職届が何年バッグに入ってるか知らないでしょう？　五年だよ？　もうそのうち定年が来るよ」

佐々木さんが冗談を言ったとき、カウンターの上のスマホが震えた。ほとんど同時に佐々木さんのスマホも鳴った。

二人そろって画面を覗いて、やっぱり二人で同時に吹き出した。きっと佐々木さんにも同じ内容のメールが来ているに違いない。

メールには写真が添付されていた。いったい何がどう転んで、こんなことになったのか。我らが〈武蔵野書店〉の山本店長が、〈リバティ書店〉の田島店長と楽しそうに肩を組んで、ビールのジョッキを掲げている。

本文は一文だけだった。

『仲直りナウ！』

地獄絵図のようなこの写真を撮らされているのは、まさか弊社の社長じゃないだろうな。そんなことを思いながら、ボンヤリと佐々木さんと目を見合わせる。

笑いそうなのと、辟易するのが入り混じった佐々木さんと同じ表情を、きっと私も浮かべている。

第四話　営業がバカすぎて

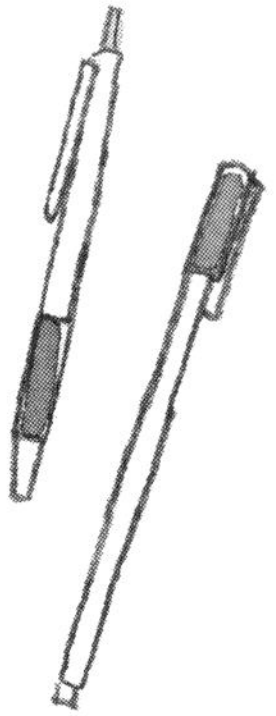

「みなさんは最近たるんでいます！」

手にマイクを持っていないのが不思議なくらいだ。

「あまりにも元気がなさすぎる！　みなさんを愛している私でさえそう思うのです！　お客様は何を感じると思いますか？」

まるで選挙演説のような山本猛店長の猛々(たけだけ)しい声が、しらじらと目の前を過ぎていく。

「逆の立場になって考えてください。みなさんがふらりと立ち寄ったカフェで、デパートで、居酒屋で、そこにいる店員がつまらなそうに仕事をしていたらどうですか？　もう二度とその店に行くまいとは思いませんか？　しかも、そのお客様は年に一度しか書店という場所に立ち寄らない人かもしれないんです。〈武蔵野書店〉がお客様を失うだけではないんです。書店業界全体が、ひいては出版界全体が、大切な一人のお客様を失ってしまうことになるかもしれないんです！」

非の打ちどころのない正論にも、心はまったく震えない。

「それがわからないみなさんではないはずです」

店長は大仰に天井を仰ぎ、親指で目もとを拭ってみせた。こうなると長くなる。自分の朝礼に酔いしれるとき、店長が必ず見せる仕草である。

「私には本好きは他人の気持ちを想像できる人が多いという持論があります。いえ、持論というのは正しくありませんね。かつて愛した女性がいつも語っていたことです。みなさんは当然本好きであるはずです。ならば、どうしてお客様の立場になって物事を考えようとしないのでしょう？　私にはそれが不思議でなりません」

愛した女性というのは、おそらくは以前〈武蔵野書店〉で働いていた小柳真理さんのことだろう。

一方的に入れあげただけのくせに何を言う。大切な先輩を汚されたという嫌悪感は芽生えたものの、しかしいつものようなのど元の「ガルルッ」は鳴らない。

打っても一向に響かないスタッフを呆れたように見渡したあと、店長は大きなため息を一つこぼした。

「ちゃんと聞いてくれているんですか、谷原京子さん」

店長が私を呼んでいる。その現実が、まるで遠い国の出来事のようだった。となりにいた正社員の小野寺さんが「谷原さん？」と呼んでくる。

「はい？」

「いや、はい、じゃなくて。店長が呼んでますよ」

た。多くの巡り合わせと不運、さらには他人の強烈な悪意によって、夢は儚く散ってしまいました。

「谷原京子さんの気持ちはわかっているつもりです。若い頃、私にも書店員以外の夢がありました。多くの巡り合わせと不運、さらには他人の強烈な悪意によって、夢は儚く散ってしまいました」

店長は諭すような顔でうなずいた。

これまたずいぶん大げさなことを……とも思わなかった。どれだけ上から目線なんだよ、とも感じない。ここに男性スタッフなんて一人もいないじゃないか。息子って誰のことだよ！　という疑問すら湧かなかった。

「悩みがあるなら絶対に私に言ってください。一人で抱え込むことは許しません。谷原京子さんに限りませんよ。ここにいるみなさんは一人残らず私の娘であり、息子です。悩みは必ず打ち明けてください。それをしてくれないのは、私という人間の存在そのものに対する否定にも等しいです」

「いえ、べつに何も」

「どうしたんですか？　何かあったんですか？」

不審がる。

「そうですね。すみません」と、素直に頭を下げた私に、店長のみならず目に映る全スタッフが

本店は谷原京子さんが支えているんですからね。その自覚を持ってください」

「何をボーッとしてるんですか？　あなたがそんなことでは困りますよ。〈武蔵野書店〉吉祥寺

「なんですか？」とぶっきらぼうに尋ねた私を、店長はいぶかしそうに見つめてくる。

たが、それでもいま私は書店員という仕事に誇りを持っています。夢は夢、現実は現実。そう割り切ってみることはできませんか？」

なんで突然そんなこと言い出したのか知らないけれど、それは完全に誤解だった。私にはべつに夢などない。そもそも「書店員になること」が夢だったくらいで、その意味ではいまの私は夢の真っ只中にいる。

さすがに何か否定したい気持ちになったけれど、店長は満足そうに視線を他のスタッフに戻した。

そして、カウンターの上にゆっくりと手を伸ばす。

「すみません。小野寺浩子さん。これ、店に貼っておいてもらえますか？　例のケーブルテレビの告知です。本当はこういうものをベタベタ貼りたくないんですけどね。今年も弊社の社長が幹事を務めておりますので」

小野寺さんは「はい」とうなずき、店長から筒状の大きな紙を受け取った。今年もその季節が来たかという思いが芽生える。毎年、春になると地元のケーブルテレビ局が主催するのど自慢大会のポスターが店中の柱や壁を覆い尽くす。

私はボンヤリと店長を見つめていた。なぜかさびしげな店長を凝視しながら、心の中で「今日こそは辞めることを伝えなくちゃ」と思っていた。

〈武蔵野書店〉に契約社員として入社して、六年が過ぎた。胸の中で「もう辞める！」と「あと少しだけがんばろう」が行ったり来たりし続けた。

それはもうとんでもない回数だ。東京にガーベラが咲き乱れていなくて本当に良かった。もしそこら中に咲いていたら、私は何千、何万という花を引っこ抜いていたに違いない。むろん占いをするためだ。恋する少女が「好き」「嫌い」とやるのと同じ要領で、私は「辞める」「辞めない」を花に託していただろう。

冬に「始末書」の代わりにしたためた「退職届」は、〈リバティ書店〉のカリスマ書店員、佐々木陽子さんと出会ったことで破棄している。

「結局、バッグに退職届を忍ばせている時点で、私たちは辞められないんだよ。年月を経るたびに重たいものを背負わされていくし、ままならないことも増えていく。どんどん上の人間がバカに見えてくるし、バタバタしている自分がアホらしくなっていく。でもね、そういう状況に追い込まれれば追い込まれるほど、本が愛おしくなっていくんだよね。というか、いまの自分を逃がしてくれる救いの物語が、タイミングを見計らっていたかのように現れるんだ。あれって本当に不思議だなぁ」

実家の〈美晴〉で日本酒に口をつけながら、佐々木さんはしみじみとつぶやいた。その一挙手一投足に私はすっかり見惚れてしまった。出版業界が注目するカリスマ店員が醸し出す空気なのか。先輩の小柳さんとは種類の違う凛としたたたずまいに、私の胸は高鳴った。

残っていた日本酒をくいっとあおり、佐々木さんはさらに予言めいたことを口にした。

「京子ちゃんはたぶん辞められないよ。私と同じ匂いだもん。本当にヤバいと思ったときは絶対に誰かが助けてくれる。それも突拍子もない人間が、突拍子もない方法で。私の場合は入社してまだ四日目のアルバイトの男の子だった。ちょっと信じられないくらい説教されて、それが悔しいけどぐうの音も出ないくらいの正論でさ。ちなみにその子は入社六日目に無断で辞めていくんだけどね。京子ちゃんもどうせそんなパターンだよ」

佐々木さんは自分で言って、ケラケラと笑った。私も一緒になって笑いながら、ボンヤリと夢想した。私の場合、その「突拍子もない人」とは誰なのだろう。「突拍子もない方法」とは何なのか。

そんなことを考えながら、私はバッグから退職届を取り出し、〈美晴〉のゴミ箱に投げ捨てた。

次の日から私は目の色を変えて働いた。環境に対する不平不満は不思議なほど消えて、苦手だった後輩の子たちにも積極的に話しかけた。

すると、富田暁先生のトークショーで大失態を犯して以来、すっかり失っていた仲間たちからの信頼を少しずつ取り戻せた。無視されていた磯田さんからも「なんか谷原さん、最近いいですね。キラキラしてますね」なんていう声をかけてもらったりして、本当にやることなすことがうまくいった。しかし……だ。

そんな「キラキラした」日々は、一ヶ月ほどで唐突に終わりを告げた。きっかけは、私と佐々木さんの間に横たわる明確な違いに気づいてしまったことだ。

この日、私はいつも通り残業を終えて帰宅した。気持ちが大きくなって磯田さんに〈イザベル〉で奢ってしまったこともあって、給料日までの一週間に使えるお金が一日三百円を切っていた。

仕方なくコンビニでおにぎり一つとゆで卵と野菜ジュースを購入したが、そのこと自体はいつものことで、メンタルに支障をきたすことはとくになかった。

問題は食事の前にゆっくりとお風呂に浸かり、明日は休みだからと久しぶりにスキンケアなどして、いざご飯にありつこうとしたときに起きた。

「いただきまーす」

わざわざ口にした私の耳に、メールの受信音が飛び込んできた。時計の針はちょうど零時を指している。私はおにぎりを持ったまま反対の手でスマホを握った。

『京子、29歳の誕生日おめでとう！　いま二人で祝杯中。君にとって素晴らしい一年になりますように』

メールには写真が添付されていた。満面に笑みを浮かべた親父がお母さんの遺影を手にしている。

その瞬間、お腹がグゥと音を立てた。私は本当に忘れていた。零時を回って、自分が二十九歳になったのだということを親父から教えられて、途端に右手のおにぎりがわびしく思えた。
二十九歳——。つまり、来年の今日、この瞬間、私は三十歳を迎えるのだ。そのときも恋人はいなくて、肉親からのみメールで祝福されて、私は古いアパートの一室で一人おにぎりを頬張っているのだろうか？

自分と佐々木陽子さんとの決定的な違い、契約社員と正社員という立場の違いを前触れもなく突きつけられたのは、そんな疑問を抱いたときだ。

それまでの明るい毎日から一転、二十九歳になったこの日を境に、私は史上最大のスランプに陥った。

働く意欲が見事に消え失せ、不満ばかり感じるようになった。後輩の子たちと再び距離を取り始め、磯田さんからは「なんか谷原さん、最近ひどくないですか？　なんでそんなにふて腐れているんですか」という文句を言われたりもした。

でも、私は奮い立つことができなかった。心の中に突如として芽生え、浮き立つ気持ちを真冬の影のように一気に塗りつぶしていったのは、強烈なまでの「焦り」だった。いつまでこんなことを続けていていいのだろう。周囲より遅いのかもしれないが、働くことと、生きることとが、はじめて私の中で交わり合った。

途端に不安定な自分の立場に恐怖が生まれた。大手がどうか知らないが、私の勤める〈武蔵野書店〉の契約社員の時給は九九八円。大学を出たばかりの入社当時は「こんなにもらえちゃうのか」と無邪気に喜んでいたけれど、あれから六年、時給は一円たりとも上がっていない。

もちろん、待遇面における不満はこれまでも感じていた。正社員とほとんど変わらない責任を負い、あきらかに自分より仕事のできない正社員もたくさんいる中で、好きな本さえ好きなように買えない生活が正しいとは思えない。

それでも、その点については面接時に口酸っぱく言われていた。

「谷原さんはご実家ですか？　最初にハッキリと言っておきますが、一人暮らしをするには金銭的になかなか厳しいと思います。ご実家から通えるということでしたら、こちらとしても是非一緒に働きたいと思うのですが」

本当は「大学を出たら一度は自立しろ」という親父との約束で、家を出なければならなかった。でも、大手書店の採用面接はことごとく落ちてしまっていたし、何よりもこの年は正社員採用がなかった〈武蔵野書店〉で、正確に言えば小柳真理さんのいる書店で働きたいと願っていた当時の私は、凜と胸を張ってみせた。

「はい！　実家は神楽坂なので充分通えます！」

あの日の自分の決断が浅はかだったとは思わないし、あのときのウソに悔いもない。手取りで十五万前後の給料から五万円ほどのアパート代を差し引き、その他もろもろの生活費を払ってしまえば、残るお金など雀（すずめ）の涙だ。そこから欲しい本を買うのだから、当然貯金なんてままならない。

それでも私は本が好きだった。インクの香りが、紙の手触りが、何よりも物語そのものが大好きで、その理由だけで戦えた。

でも、二十九歳を迎え、三十歳という年齢を強く意識してしまった瞬間、これまで私を支えてきたものが音を立てて崩れ落ちた。「本が好き」という一点突破では、もう戦えない。

そんな気持ちを決定づけるような出来事が、この冬から春にかけて立て続けに三つ起きた。

一つ目は、昨年の十二月の出来事だ。これはもう〈武蔵野書店〉に限らず、日本中の書店員の「年末あるある」なのだと思う。どういう理屈か知らないけれど、出版業界最大手の往来館から出ている『レッツゴー奥さま』という雑誌の新年特大号を、全社員が強制的に購入させられるのである。

いや、どういう理屈か知らない、というのは正しくない。説明するのも辟易（へきえき）するが、一部出版社と書店との間には「報奨金」というシステムが介在するケースがある。

出版社がどうしても売りたい本や、フェアなどに際し、「1、○○の期間　2、××部以上の注文をしてくれたら　3、一部売り上げにつき△△円、書店に対して『報奨金』をつけさせていただきます」と、特別な条件をつけるシステムだ。

往来館が『レッツゴー奥さま』にどれほどの報奨金をかけているのか、一介の契約社員である私にはわからない。

ただ、普通よりいい額で、会社が救われているのは想像に難くない。だからこそ、本部は数多ある雑誌の中で『レッツゴー奥さま』に対してのみ社員にノルマまで課してきて、一冊でも多く売ろうとするのだろう。

一部一四〇〇円の雑誌を、買い入れなければならない具体的な冊数は、正社員が五十冊、契約社員が二十冊、アルバイトが五冊という塩梅だ。

各自それだけの冊数を買い入れ、自分の友人、知人にお薦めしろというのである。私はそこに労力を割きたくなくて、毎年、アパートの押し入れにぶちこんでいるけれど、小野寺さんは家で目にするのもイヤで、実家マンションの住人にお母さんと配って回っているのだそうだ。むろん、買い取った雑誌をさらに売りさばこうとする心の強い者の存在を私は知らない。

いや、違う。一人だけ知っている。この社員買い入れ制度に対して、〈武蔵野書店〉の忠実なる犬である我らが山本店長は、朝礼でこんなことを言っていた。

「何もみなさんに売り上げを担ってもらいたいということではないのです。いえ、もちろんそれもあるのですが、目的は報奨金だけではありません。私は、弊社の社長がこんなふうに考えているのだろうと想像します。自らの足で一冊の本を売って回るという経験をすることで、普段、お客様の側から書店に来ていただけるのがいかにありがたいことかを痛感していただきたいのではないでしょうか。報奨金も大切な要素ではありますが、目的は報奨金ではありません」

あまりにも「報奨金」と連呼しすぎて、逆にスタッフの間に衝撃が走った。しかし、このことにかんしてだけは、店長自身がノルマ五十冊のところを、嬉々として二百冊も購入し、本当に友人、知人に売って回っていることで、不満の捌け口を見つけられない。

加えて言うなら、この件では会社や社長に文句を言おうとも思わない。この時期は〈武蔵野書店〉のみならず、日本中の顔も知らない書店員さんのSNSを漁ってみると、出てくる、出てくる。往来館と『レッツゴー奥さま』に対する呪詛、呪詛、呪詛……。『ふざけるな』『やってられるか』『冬の憂鬱な風物詩』『アホらしすぎて会社を辞めた』『後輩の涙をはじめて見ました』……。大げさではなく、北は北海道から、南は沖縄まで。同業者たちの往来館に対する恨み辛みの数々を目にすると、私は少しだけ溜飲が下がる思いがする。

ちなみに去年の私の冬のボーナスは二九九〇〇円だった。そして『レッツゴー奥さま』に支払ったお金が二八〇〇〇円である。残った一九〇〇円で、私は磯田さんに「好きなだけ食べてくれ！」と、オレンジ色の看板の牛丼屋で大盤振る舞いしてあげた。

ボーナスの定義とは何なのだろう？

この「報奨金」と「社員買い取り」のシステムは、いったい誰を幸せにしてくれるものなのだろうか？

そんな疑問に答えてくれたのは、翌年版のシステム手帳を営業するためにやって来た、ある中堅版元の営業さんだった。

この日、彼は『レッツゴー奥さま』が十冊ほど面陳されたレジ横のワゴンに目をつけた。そして「うわぁ、いいなぁ、ここ。ここにうちの手帳とか置いてもらえたら嬉しいなぁ」とわざとらしく独りごちて、やはりわざとらしく手を打った。

「なるほど！　つまりこの十冊を僕が自腹で購入しちゃえば、このワゴンは空くっていうことですよね？」

「どういう意味ですか？」と、意味がわからず尋ねた私に、彼は持ち前のいたずらっぽい笑みを口もとに浮かべた。

「だって谷原さんたちはこの『レッツゴー奥さま』を売らなきゃいけないわけだから、この一等地で展開しているわけですよね？　だったら、これ僕が全部買いますよ。その代わり、空いたスペースにうちの手帳を置いてください。そうしたら〈武蔵野書店〉は雑誌が売れて嬉しくて、僕は自社の商品が目立って嬉しい。いわゆる〝ウイン・ウイン〟っていうやつです」

話が一方的に展開していって、ついていくことができなかった。それなのに彼が思わずというふうにつけ足した一言だけは、なぜか私の胸の深い部分に突き刺さった。

「でも、なーんか釈然としないですよね。自分より給料のいい人たちのために身銭を切らなきゃいけないなんて」

「え……？」

「いやいや、もちろん自分から言い出したことだってわかってますよ。でもなー。だって、それってつまりは僕が往来館さんの社員のボーナスを払ってるのと同じことじゃないですか」

彼はスタッフたちからの人望がない。仕事は人一倍できるのに人気がない原因は、ひとえにこういうデリカシーのない発言にあるはずだ。

彼の口がよく回るのはいつものことだ。そこに他意も、悪意もないのはわかっている。だったらいつも通りヘラヘラ笑って、適当にうっちゃってしまえば良かったのに、私は正面から受け止めてしまった。

これまで想像したことがなかった。自分が往来館の社員のボーナスを払っている？　この貧乏人がボーナスを削り、欲しくもない雑誌を買って、彼らの豊かな生活を支えている？　本当に想像したことがなかったのだろうか。何かに絶望するのがこわくて、あえて想像するまいと思っていたのではないだろうか。

頬が引きつって最後まで上手に笑うことができなかった。年が明けて、店長から「会社からみなさんに報奨金が出ましたよー」と嬉しそうに言われ、大層な封筒に入った一四〇〇〇円を手渡されたときも、私は同じ顔をしていたと思う。二八〇〇〇円への対価がこれだ。どんな表情が正解なのかもわからなかった。

話を「去年の冬からこの春にかけて、私の心が挫(くじ)けた三つの理由」に戻そうと思う。一つ目がこの『レッツゴー奥さま』事件なのだとしたら、二つ目はもっとシンプルだ。二月分の給料があまりにも安かったことに尽きる。

時給で働く者の宿命だ。長々と説明する必要はないだろう。二月は日数が少ない分、契約社員やアルバイトの給料は削られる。とくに今年は巡り合わせが悪く、給料が十三万を切ってしまった。十五万でもカツカツの私はどう生活すればいいのだろう。私は生まれてはじめて、比喩ではなく「頭を抱える」という経験をした。

この二つだけでも心はボキボキに折れていた。しかし、私は心が挫ける三つ目の、ある決定的な出来事に直面した。

新年度がやって来て、店中の柱が例のケーブルテレビのポスターで埋め尽くされた、五月。鋭い刃は思わぬところから飛んで来た。

ゴールデンウィークが明けた直後のある日の朝礼で、店長は妙に機嫌良くこんなことを口にした。

「本日、往来館さんの山中さんが挨拶に来てくれることになっています。私も応対いたしますが、そうですね、谷原京子さんも立ち会っていただけますか？」

「私ですか？」

「ええ。来月発売の文芸書のチラシとゲラを持ってきてくれるそうです。往来館としてかなり売り出そうとしているらしく、話を聞いてもらいたいということです」

「そうですか。わかりました」と、返事をしながらも、私の心は沈んだ。その時点でまったくいい予感は抱けなかった。

たとえどれだけ推したい作品があったところで、往来館が〈武蔵野書店〉に来ることなど滅多にない。

いや、これまで一度だってあっただろうか。大抵の場合は、新刊のファックスを送りつけてくるだけで、しかも希望数を記入して送り返しても叶(かな)えてくれないことばかりだった。わざわざ店に来ないのも、希望数を叶えてくれないのも同じ理由だ。軽く見られているからだろう。

だから、担当であるはずの山中さんと会ったこともほとんどない。それでも、ハッキリと嫌いなタイプの営業さんだと断言できる。いや、嫌いなタイプの人間なのだ。偉そうで、人を見下していて。それを仕事に持ち込もうとは思わないけれど、私にだって好き嫌いくらいある。

山中さんは、よりによって夕方の一番忙しい時間にやってきた。見ればレジに列ができていることくらいわかりそうなものなのに、堂々と話しかけてくる。

「お世話になっています。往来館です。すみません。先日、山本店長にアポを取らせていただいたのですが、文芸書担当の谷原さんはいらっしゃいますか？」

二、三回は会っているはずなのに、山中さんの方は私を覚えていないようだ。そのことに辟易とはしなかったが、私は顔も見ようとしなかった。

意外かもしれないが、出版社の営業というのは腰の低い人が多い。放(ほう)っておいても本が売れた大昔とは違い、少なくとも私が〈武蔵野書店〉に入社してからは居丈高な営業さんなんてほとんど見たことがない。

もちろん腰が低いからといって、彼らが私たちを対等に見ているとは限らない。その方が仕事をしやすいと思っているだけのことかもしれないし、とりあえずその場をつつがなくこなそうとしているだけかもしれない。

どれだけペコペコしてくれようが、基本的には向こうの方が立場は上だ。立場に限らず、給料も、社会的な地位も、みなぎる自信も、身につけている服だって……。

そんなこと誰も比べていないだろうし、自分が出版社で働きたいわけでもない。そもそも私は書店で働くことが夢だったわけで、彼らをうらやむ理屈はない。それなのに、だとしたらこの混沌(こんとん)とした気持ちは何なのだろう。わかっている。ここ最近の、あまりにひもじい生活が理由のすべてだ。

ようやく最後のお客様の対応を終えて、私は覚悟を決めて山中さんに顔を向けた。山中さんは迷いのない顔をした人だ。愛想笑いを浮かべるわけでもない代わりに、決して仏頂面というわけでもない。

「いつもお世話になっております。往来館の山中です。今日は新入社員を一人連れてまいりました」

山中さんがそう言ったときには、私の視線は背後の女性に釘付(くぎづ)けになっていた。まだ真新しいスーツに身を包み、女性は嬉しそうに名刺を出した。

「本日はお忙しい中、貴重なお時間をいただき本当にありがとうございます。今日はよろしくお願いいたします！」

　私は呆然（ぼうぜん）としたまま名刺を受け取った。なぜか勝手に編集部に配属されているものと思っていた。

　じっと名刺の名前を見つめていた私に、この春まで〈武蔵野書店〉でアルバイトとして働いていた木梨祐子さんは、優しく語りかけてきた。

「こんな形でまた店に戻ってくることができました。谷原さん、あらためてよろしくお願いいたします」

　私はヘラヘラと意味不明の笑みを浮かべながら、あらためて名刺に目を落とした。往来館の社章とともに、アイボリーカラーの厚手の紙に印字されている『木梨祐子』の名前が妙に立派に見える。

　結局は、私が人を肩書きで判断している。版元だ、営業だと、卑屈な思いを勝手に抱いて、無用なコンプレックスを抱いている。

　いったい自分は何なのだ。そんな気持ちがみるみる湧いた。名刺を持つ手が震えている。私は自分自身に失望する。

　案内したバックヤードで、店長は異常なハイテンションで二人を招き入れた。

「いやぁ、山中さん。どうもどうも。ごぶさたしております！　お元気にしてらっしゃいましたか？　あいかわらずサーフィンはされているのですか？」

　山中さんは店長のことも覚えていないようだ。名刺を取り出し、「はじめまして。往来館の――」と挨拶しかけた山中さんに、店長は容赦がなかった。

　一瞬、気まずそうな表情を浮かべたものの、山中さんもすぐに切り替えた。

「ええ。今年のゴールデンウィークは久しぶりにまとまった休みが取れましたので。数年ぶりに妻子を連れてハワイで波乗りしてきました」

「へぇ、それはうらやましい。どうりで。前回お会いしたときより肌が焼けていると思っていました」

「そうですか？　仕事に差し支えるので日焼け止め塗りまくったんですけどね」

「いやいや。わかりますよ。そうかぁ、ハワイかぁ。いいなぁ。私も一度は行ってみたいんですよね。こっちは貧乏暇なし、そんなお金も時間もありませんよ。木梨祐子さんもお久しぶりですね。あれ、ということはひょっとして木梨祐子さんも海外に行かれたんですか？」

　何が楽しいのか、豪快な笑い声を上げる店長の自宅の辞書に「コンプレックス」という文言は記載されていないのだろう。

　私はモヤモヤし続けた。脳裏を過ったのは当然『レッツゴー奥さま』の一件だ。『レッツゴー奥さま』を出版している版元の、正社員である山中さんがゴールデンウィークに妻子を連れてハワイに行った――。

わかっている。もちろんそんな短絡的な話ではない。たとえ私がどこでどんな仕事をしていようが、山中さんは今年の連休にハワイに行った。恨むつもりはまったくないし、店長のようにうらやましいとも思わない。

でも、不運にも私のこの連休のスケジュールはひどかった。立て続けに無断で辞めた二人の学生アルバイトの煽りをもろに受け、一日も休まず出勤したし、ほぼ毎日残業した。

来客数も例年より多かったし、よりによって往来館に売れ筋が多い時期だった。いったい何冊の〝往来館〟を包装したかわからない。もちろん、それはお店の売り上げに直結することであって、本来はありがたいことである。諸手を挙げて喜ぶべきだ。

そう頭で理解しながら、気分はどんどん鬱いでいった。山中さんの鼻先にかすかな日焼けの跡を確認したときには、胸をこつんと何かが打った。

もちろん会ったことも、想像したことも、興味もなかった山中さんの「妻子」という存在について、唐突に思いを巡らせる。

妻を勝手に自分と同い年くらいと想定する。名前は「梨花」。貿易会社に勤める父と、専業主婦の母、二つ下には仲のいい弟もいる。物心ついたときから常に男の目を意識していて、カワイイ友だちが周りにいた。

歴史はあるけど、偏差値はべつに高くない私立の女子中に入学して、エスカレーター式に上がった高校時代から、梨花は「社会勉強のため」に読者モデルを始めた。

地元、横浜のタウン誌からスタートして、どんどん雑誌の「格」が上がっていった。そして晴れて名前は売れているけれど偏差値はまったく高くない付属の女子大に入学したとき、ひそかに憧れていた往来館の女性誌から声がかかった。

その撮影現場で、運命の男と巡り合った。サーフィンが趣味で、遊び人だった彼は、はじめはなかなか振り向いてくれなかったけれど、どうやら食事の誘いに簡単に応じなかったのが功を奏したみたいだ。

気づいたときには彼は本気になってくれていたし、それでも慎重に、慎重にと自分自身に言い聞かせた結果、ついに彼が三十五歳、梨花が二十四歳のときにゴールインした。

皇室御用達の産婦人科で出産した娘は、いまやカワイイ盛りの三歳だ。パパもかつての毒牙が抜けて、娘の「真利愛」に夢中らしい。今年のゴールデンウィークは、久しぶりに結婚式を挙げた思い出のハワイに三人で行った。

あの頃より少し身体は緩んだかもしれないけれど、それでもサーフィンをしているパパはカッコいい。あの頃はまだいなかった真利愛とビーチパラソルの下に並んで、どっちがパパを愛しているか言い合いになった。

「絶対にマリアがパパと結婚するの！」

そうムキになる娘が愛おしくて仕方がない。でも、いつか本当にパパを奪い合うことになりそうで、少しだけこわくなる。そんなことをちょっとでも考えている私は、幸せなのだろう。

ありがとうね、パパ……と、私は胸の中でつぶやいた。パパと真利愛さえいてくれたら、私は贅沢を言いません。

でも、たまにでいいからこうしてハワイに連れてきて。約束よ。それだけで私は充分幸せなんだから――。

気づいたときには、「梨花」が私に乗り移っていた。圧倒的に充たされた人生。救いの物語など、つまりは小説など必要としない、劇的なまでに華々しい人生。

呆然としたまま視線を落とすと、なぜか「パパ」がみすぼらしいスーツ姿の痩せぎすの男に新刊の説明をしていた。先ほどよりも鼻の日焼けが目についた。

まるで自分がなけなしのお金で家族をハワイに行かせてあげたような気持ちになって、いよいよ私はおかしくなる。

どうだ、梨花。私が『レッツゴー奥さま』を買った金で行ったハワイは楽しかったか？

おい、真利愛。お前のその柔らかいおむつ代は私が『レッツゴー奥さま』を買ったお金だって知ってたか？

メンタルがめちゃくちゃだ。いまにも叫び出しそうだった。だから、私は「もうそんな季節なんですね」という声に、なかなか気づくことができなかった。

ガルルッと、久しぶりにのどの奥で音が鳴った。目をひんむいたまま振り向くと、木梨さんがやさしい笑みを浮かべていた。

「これ、懐かしいです。去年、谷原さん怒り狂っていましたよね。『ただでさえダサい店がもっとダサくなる。やめろ』って」

ボンヤリと木梨さんの視線の先を追いかける。壁にポスターが貼られている。ケーブルテレビ局が主催するのど自慢大会の告知である。

その写真を見て、ついに私の頬を涙が伝った。写っているのは去年のチャンピオンであるという。

直前まで脳裏を占めていた真っ青なハワイの海から一転、知らないじいさんが公民館でマイクを握り、気持ち良さげに歌っている姿は、私に強烈なまでの哀愁を感じさせた。

往来館の営業コンビが〈武蔵野書店〉を訪ねてきた、五月のあの日。新刊の案内を終え、山中さんが店長と再び雑談をし始めたのを見計らっていたかのように、木梨さんが嬉しそうに言ってきた。

「谷原さん、今日って時間ありませんか？　私も今夜は空いているので、良かったら仕事終わったらご飯行きませんか？」

なんとなくそんなことを言われる予感があって、なんとか避けたいと思っていた。その気持ちをグッと抑えて、私は平静を取り繕った。

「あ、ごめんね。今日はちょっと予定ありなんだ。木梨さん、今日来ること前もって教えてくれてたら空けられたのに」

悪い言い訳じゃなかったと思う。ちゃんと笑うことができていたし、不満げなところも含めて口調もしっかりしていたはずだ。

それなのに、木梨さんは私をじっと見つめてきた。心の内を探るような強い眼差し（まなざし）に、たじろぎそうになる。

動揺を悟られたという自覚があった。木梨さんはふっと視線を逸（そ）らして、やりづらそうに鼻先に触れた。

「ひょっとして給料日前だからですか？」

「何？」

「もしそれが理由なら、そんなことで断られたらさみしいですよ。今日は私がお礼をしたいと思って誘っているんです。初任給が出たら絶対に谷原さんにごちそうしたいって、私ここを辞める前に言いましたよね？　私が往来館に就職できたのは谷原さんのおかげなんです」

木梨さんは淀（よど）みなく口にする。かつて〈武蔵野書店〉でアルバイトしていた頃より自信がみなぎって見えるのは、やはり彼女がいまや「往来館の社員」であるという先入観からくるものだろうか。

ハッキリとした物言いに、正直に言うと私はムッとした。もちろん木梨さんは私の給料の低さを知っている。給料日前に必ず金欠に陥ることも、いまがまさに給料日前であることも、欲しい本を買おうか悩んで頭を掻きむしっていることも、結局買ってしまってご飯を食べることすらままならなくなることも。

木梨さんはすべて知っている。隠さず話してきたのは私の方だ。憐憫の目を向けられたからといって、怒る筋合いはないとわかっている。

それでも、私は小さく首をひねった。私があけすけにすべてを話してきたのは、同じ〈武蔵野書店〉に勤める、仲間である木梨さんに対してだ。業界最大手の出版社〈往来館〉の正社員の人間に上から目線で同情されるのは腹が立つ。

あらためて『レッツゴー奥さま』のことが脳裏をかすめた。入社してたかだか一ヶ月の子をつかまえて、さすがに逆恨みかという気持ちはあったが、鼻息は荒くなる。

木梨さんはどこか呆れたように息を吐いた。

「じゃあ、いつだったら大丈夫なんですか?」

私は自分がわからなくなる。木梨さんの声が鼻について仕方がない。ひょっとしたら自分が卑屈な思いに絡め取られているだけなのかもしれないけれど、どうしても木梨さんに傲慢さを感じてしまう。

もし、この違和感の正体が木梨さんの側にあるのだとしたら、ではこの子をそれこそたかだか一ヶ月で変えてしまったものは何なのだろう。〈武蔵野書店〉にいた頃の木梨さんは、どちらかというと伏し目がちの子だったはずだ。

いつも不安そうな顔をしていて、でも長い前髪の隙間（すきま）から誰よりも周囲をよく見ていて、他人のことによく気がついて、いつも的確な報告をしてくれた。

近すぎず、遠すぎず、適度な距離を保ってくれて、だからこそ私のような人見知りの権化のような人間でも関係を築くことができたのだ。小柳さんが辞めて以来、〈武蔵野書店〉で私がもっとも信頼できたのは、おそらく最年少アルバイトの木梨さんだった。

その女の子が、わずか一ヶ月の間に私の目には変わって見えた。少なくとも「じゃあ、いつだったら――」などと呆れたように尋ねてくる子ではなかったはずだ。彼女を変えたものは何なのか。まさか早々に往来館スピリットを植えつけられたわけじゃないだろう。

私は木梨さんの視線を避け、力なく言った。

「来週の水曜日以降なら」

結局、給料日後を指定している自分が情けない。再びため息の音が漂った。

「だから――」

「お金だけが理由じゃない。せっかく木梨さんと会うなら、ゲラを読んで行きたいから」

「はい？」

「今日はそれを届けに来てくれたんでしょう？　私、読むのが速いわけじゃないから、それくらいの余裕は見てほしい」

私は懇願するように顔を上げた。木梨さんは口を結んで、じっと私を見つめている。その表情から心の内は探れない。

「お店は私が決めてもいいですよね」

少しの沈黙のあと、木梨さんの口から出てきたのはそれだった。私は失望を押し殺して首を振る。

「ううん。私に決めさせてほしい」

「イヤです。私がお礼させてもらいたいんです。谷原さんが決めたら絶対に手を抜くじゃないですか」

「どういう意味？」

「だから、安いお店にして私に負担がかからないようにしようとするって言ってるんです。せっかくですから素敵なお店で、おいしいもの食べましょう。変に警戒しないでください。私は本当にお礼がしたいだけなんです」

六つも年下のこの子の目に、自分はどんなふうに映っているのだろう。どれだけ貧乏人だと思われているのか。

たとえ食事に行くことになったとしても、私は自分で出そうとする。さもなければ、せめて割り勘にしてもらう。でも、だとすれば、どうしたってこの子の望む「素敵なレストラン」には行けないだろう。割り勘でもいまの自分には太刀打ちできないはずだ。給料のいい会社に勤めている年下の子と食事に行くとき、どこを選ぶのが正解なのか、私は答えを持ち合わせていない。

店を去るとき、木梨さんはあらためて本題に触れた。

「本当は予断を持って欲しくなかったので、黙っておこうと思ったんです。さっきのゲラ、私が山中を説き伏せて〈武蔵野書店〉さんに届けさせてもらいました。絶対に谷原さんが好きな話だという自信があります。私も書籍営業部に配属されて、最初に担当できたのがこの本で幸運だったと思っています。読んでみてください。感想、楽しみにしてますね」

私は最後までうまく返事ができなかった。ただ強引に握られた木梨さんの右手は、彼女らしい白さや細さに似合わず、温かかった。


一週間後、木梨さんから指定されたのは銀座のイタリアンだった。そのメッセージにも「せっかくなので」という文言があった。ネットで調べた写真やメニューを見る限り、決して気取った店ではなさそうだ。

でも、私は銀座という街と、それ以上に先日のやり取りにすっかりのまれていた。本当は新しい服を買うことも考えたが、だったらそのお金で会計した方がいいと思い直し、たとえ型落ちだとしても可能な限り上等そうに見える服を押し入れから引っ張り出して、足取り重く銀座に向かった。

今日を迎えるのが本当に憂鬱(ゆううつ)だった。もちろん木梨さんに会うこと自体も気重だが、先日の一件だけが理由じゃない。

数日前、私は腰を据えて作品を読むために、久しぶりに実家の〈美晴〉に戻った。いつか大西賢也先生の『幌馬車に吹く風』を一気に読みきって以来、店のカウンターは私にとって最高の読書環境になっている。

この日も私は親父が揚げてくれたメンチカツをつまみながら、ゲラに目を通していた。木梨さんが「絶対に谷原さんが好きな話」と言っていた往来館のゲラは、本郷光というデビュー十年ほどの中堅作家の新刊だった。

タイトルは『ときには母のない子のように』。あるいはメトロポリタン症候群』。宮城リリーさんの『糸魚川断層連続ニラ殺人事件』が大ヒットして以来、こういうちょっと古めかしい、かつ微妙に意味がわからない長々としたタイトルが流行っている。

ハッキリ言って、私はその手のタイトルにすでに胸焼けを起こしている。そうでなくても小説家という唯我独尊を極めることが仕事であるはずの人種に、二匹目のドジョウなど狙っては欲しくない。

何せ当の宮城さん自身が二作目に『散華』という潔いタイトルの本を発表し、再びヒットさせているのだ。十年やって来てさしたるヒットのなかった作家の焦りが滲み出た『ときには母のない子のように。あるいは――』というタイトルを、私は好きになれなかった。

中身も似たようなものだった。東京下町の古い空き家で、それぞれが家庭不和に悩まされてきた六人の若者たちが疑似家族を形成していくというテーマそのものは、とても今日的だと思ったし、たしかに私好みだった。

でも、なぜか私はなかなか読み進められなかった。それが頻出する比喩のせいなのか、紋切り型の表現のせいなのかはわからないが、とにかく私は乗れなかった。有り体にいえば、心が弾まなかったのだ。

いまにもおもしろくなりそうな気配が漂い続け、でも一向におもしろくならないまま静かに読み終えたとき、この日も一人だった常連の石野恵奈子さんが苦笑しながら尋ねてきた。

「私、京子ちゃんの顔を見ているだけで本の良し悪しがわかるようになってきちゃった。そんなにダメだった？」

「いやぁ、べつにダメっていうわけではないんですけどね。なんでしょう。なんかよくわかりませんでした」

私はゲラに目を落とした。そこに直筆で綴られているのは、担当編集者の熱い思いだ。『一つの才能が開花する瞬間に立ち会えました』『内容、文章、表現、タイトル、ほとんど手を入れる隙がなかったです』『この本を肴に、書店員さんたちと一杯やりたい』……。そして、私にとっての極めつけは以下の一文だった。

『この本を売るために僕は編集者になったのかもしれません。そんな思いを共有してくれる書店員さんと出会えたら、これ以上の幸せはありません』

一つ一つの言葉に、私は孤独にさせられた。もちろん、編集者という人たちだってなりふりかまわず担当した本を売りたいと思っている。目立つためだけに大げさに吹聴してくる人はいるだろうし、中には平然とウソを吐く人もいるだろう。

でも、この文字だけの表紙からは、そういった編集者の打算を感じなかった。純粋に作品に惚れ込んでいて、どうしても目を通してもらいたいという熱い思いを感じた。

だからこそ読む前からハードルが上がってしまい、素直に読めなかった面もあるのかもしれない。例の「谷原効果」である。

そもそも本の感想なんて千差万別であるはずだ。誰かにとって救いになり得る物語が、誰かにとっては強烈な批判の対象だったりする。ネット上のレビューがいい例だ。私が良かったと感動した本で、そこそこの感想を集めている本は、たいてい賛否両論にあふれている。結果、星は大体「3・5」に集約される。私と小柳さんはそれを「3・5理論」と呼んでいた。

だから、自分の感想が他の人たちと相容れないことは恐れない。不安なのは、勝手にバイアスをかけてしまい、曇った目で作品に触れていないかということだ。

今回のケースにおける「バイアス」とは、もちろん往来館に対する屈託だ。『レッツゴー奥さま』の件から始まった一連の不信感。自分自身の不安定な立場と、先が見えないことへの恐怖が折り重なる中、かつてのカワイイ後輩が胸を張ってやって来た。「最初に担当できたのがこの本で幸運だった」という言葉が、ずっと耳の奥に残っている。

何もかも恵まれた女の担当作がおもしろくあってたまるか！

心のどこかで、そう思っていなかっただろうか？

自分の屈託と作品の評価は別物だ！

そんなの当然だという気持ちがある一方で、私は自分が簡単に割り切れるタイプだとは思っていない。いや、そもそも自分という人間をたいして信頼していない。

信頼はしていないけれど、もし作品の評価が木梨さんをはじめとする往来館への屈託に翻弄(ほんろう)されているのだとしたら、私は書店員としての自分に失望する。

そして、それを証明するかのようなメールがこのタイミングで入ってきた。

『谷原さん、本郷先生のゲラって読みました？』

絵文字の一つもない無骨なメッセージの送り主は、店長から私と一緒に『ときには母のない――』のゲラを渡されていた、同じ文芸担当の磯田さんだ。普通は一店舗一部のゲラを、木梨さんが「特別に」と言って置いていってくれた。

なんとなくイヤな予感を抱きながら、『うん。いま読み終わったところ』と打った私に、磯田さんは間を置かずに返信してきた。

『これ、めちゃくちゃ傑作でしたよね？　っていうか、谷原さん絶対に好きでしょ？　売りましょうね！　これは本気で売りましょう！』

一瞬、目の前がぐにゃりと歪(ゆが)んだ。しばらくの間、それが自分の涙のせいだとは気づけなかった。

手に持ったゲラをあらためて凝視して、私は無意識のまま言っていた。

「本当にもう辞めどきなのかもしれないなぁ」

これまで何千回と抱いてきた思いが、これまでにない切実さを伴って口からあふれた。石野さんと、親父。店にいた二人の重苦しい息が同時に漏れる。

先に口を開いたのは石野さんの方だった。

「京子ちゃんって、いくつになったんだっけ？」

「二十九です」

「やっぱりね。来年三十歳か。気持ちはわかるよ。焦るよね。とくに安定しない職業に就いている独身の女にとって、三十歳って完全に一つの壁だよね。私もちょうどその歳(とし)の頃に転職してるし」

「へぇ、そうなんですか。それまでは何を？」

「書店員……っていう答えを期待している京子ちゃんには申し訳ないけど、ジャズ喫茶をやってたんだ。自分で経営してた」

「は？　何それ？　ジャズ喫茶？　経営？」

「うん。若気の至りっていうやつでさ。わりと人気あった店だったんだよ。小さい頃から憧れてた仕事だったし、楽しくはあったんだけど」

石野さんはお酒に口をつけながら、くすりと笑う。さすがにもう石野さんが私の憧れていた書店員さんだったとは思わないが、出てきた職業があまりにも突飛すぎて、私は言葉を失った。

石野さんは目尻を下げたまま淡々と続ける。

「私はどんな仕事であっても、辞めたきゃ辞めればいいと思う。とくに私たちの年代は、続けることの美徳みたいのを語りがちだけど、私はまったくそんなふうに思わない。誰だって必死に自分で生き方を選び取らなきゃいけないんだよ。そこに誇りを持てないなら、働いていても仕方がない。たとえ給料が一千万だろうが、二千万だろうが、書店に生きる意味を見出せないって京子ちゃんが言うなら、辞めなきゃいけないって私は思う。申し訳ないけど、たとえどんな仕事であっても、替えの利かない人なんていないから。必ず次の誰かがその枠に収まるものなんだ。働く意味は絶対に自分自身にある。自分で選び取らなきゃいけないんだ」

諭すような口調でも、説教するふうでもなく、石野さんはいつも以上に冷静だった。たまに首をかしげたり、何かを思い出したように微笑んだりするくらいで、考えを押しつけようとはしてこない。

それなのに、私は動揺した。私の誇りってなんだろう？　自分自身で選び取った、書店で働く意味ってなんだろう？　そんな疑問がぐるぐる巡る。

「とか言いながら、なんとなく京子ちゃんはいま辞めるべきじゃない気がするけどね」

独り言のような石野さんの声に、ふと我に返る思いがする。

「どうしてですか？」

「ごめん、たいして理由があるわけじゃないの。でも、なんとなくいまの京子ちゃんに私みたいな衝動的な〝次〟がある気がしないし、何よりこれから書店員として〝何か〟を為し遂げそうな予感がある」

動悸はさらに速くなる。どちらの言葉も気になった。石野さんにおける衝動的な〝次〟とはなんだったのか、私が為し遂げそうな書店員としての〝何か〟とは何なのか。

でも、私がハッと顔を上げて、石野さんに向けた「いや、あの――」という言葉は、カウンターの中の親父に遮られた。

「とりあえず、お前はまだ何も抗ってねぇだろうが。ガキじゃねぇんだからよ。やりたかった仕事に就いて、楽しかっただけの時期が過ぎたら、辞める、辞めるって。不満があるなら自分で環境を変える努力をしてから言えや」

最近、親父が石野さんを女として意識しているのは知っている。石野さんをチラチラ見ている親父は気持ち悪くて仕方がなかったが、言葉は少しだけ胸に染みた。

親父はどこか満足げにうなずいて、カウンターの上に白い何かをすっと置いた。

「幸いにもお前には帰ってくる家があるんだからよ。もう少し抗えよ。やるだけやって、それでもダメなら帰ってこい。俺が料理を教えてやる。お前の業界と同じように、ここもそんなに甘いもんじゃねぇけどな」

二人の言葉は、一瞬、私に道を指し示してくれた気がした。あまりに暗かった毎日にほんのりと光が差したのは間違いない。

それでも、木梨さんとの約束の日が近づくにつれて憂鬱は募っていった。自信にあふれた後輩と向き合うことも、銀座という街そのものも、財布の中身も理由の一つだ。でも、一番はやはり作品の感想を伝えなければいけないことだった。

あれからもう一度、私は真っ新な気持ちで『ときには母のない子のように。あるいはメトロポリタン症候群』を読んでみた。感想は微塵も変わらなかった。私にはどうしてもいいとは思えない。つまらないバイアスのせいなのかも定かじゃない。

覚悟を決めて、店の扉に手をかけた。ネットの写真よりもさらにカジュアルな雰囲気だ。先に来ていた木梨さんは、バイト時にも見たことのあるラフなワンピースを着ていて、大きく手を振っている。

「谷原さん、こっち、こっち！」

木梨さんは私の一張羅を茶化すことなく、嬉しそうに目を細めた。勇気を振り絞って開いたメニューも、いつも行く居酒屋よりもさすがに高かったが、太刀打ちできないものではなく、現金なもので不安の半分がすっと消えた。

美味しい料理を食べて、お酒をのんで、カウンターで横並びになった木梨さんとの会話はことのほか楽しかった。

きっと男の人にもモテるのだろう。木梨さんは大笑いするたびに、私の太股にすっと手を置いてくる。

それがとても自然で、悪い気はしなかった。そもそも〈武蔵野書店〉でもっとも心を許せた後輩なのだ。二人で本の話をしているときは時間を忘れた。いったい何を警戒していたのかと自嘲するほど、気づけば心が弾んでいた。

しかし、もちろん関係性はあの頃とは違う。彼女はいまや業界最大手の出版社の正社員になっていて、私はあいかわらず小さな書店の契約社員のままだ。楽しいだけの会話は、仕事の前振りでしかなくなった。

あらかた食事を終えた頃、木梨さんは覚悟を決める様子もなく切り出した。

「本音を言えば、私は往来館で文芸編集部を希望していました。営業なんて想像もしていなかったから、数日間は大荒れだったんですけど、わりと簡単に割り切ることができて。どうしてだかわかりますか？」

「ううん。なんで？」

「それなら谷原さんとガッツリ仕事ができると思ったからです。〈武蔵野書店〉のような中規模書店を軽く見ている往来館の考えを改めさせられるって思ったからです。そんなことを考えていたら、南関東の書店担当になれましたし、山中の下に就くことになりました。そして、いきなり素晴らしい作品に巡り会うことができたんです」

木梨さんは瞳を爛々と輝かせて、迷いのない表情を浮かべた。

「谷原さん、いかがでしたか？　本郷光さんの『ときには母のない子のように――』。率直な感想を聞かせていただけると嬉しいです」

木梨さんはグラスをそっとカウンターに置いて、私の目を覗き込んできた。私はなんとなくイスにかけたバッグに手を伸ばした。先週までなかった紙が……、親父から唐突に突っ返された「退職届」が、バッグの中に入っている。「お前、いつか忘れていっただろう。取っといてやったからな」と、ご丁寧にも親父がゴミ箱から取り出していたものだ。

石野さんに問いかけられた「書店員としての誇り」が何なのか、あいかわらず私にはわからない。

でも、やっぱりウソは吐きたくない。いつか富田暁先生のプレッシャーに負けてしまったことを、私はいまも心の底から悔やんでいる。

たとえ自分がくだらないコンプレックスに左右されていたとしてもだ。その未熟さをひっくるめて、いまの自分が評価するしかないはずだ。

「ごめん。私にはいいと思えなかった。自分の読みが甘いのかもしれないけど、ごめん。私はおもしろいと思えなかった」

私たちの間に冷たい緊張が立ち込めたが、それは一瞬のことだった。木梨さんはなんていうことはないというふうに洟をすすり、笑い声まで上げた。

「なんでそんなに謝ってるんですか。了解です。じゃあ、また谷原さんが喜びそうな本を持ってきますね」

「どうして？　そんな答えで納得できるの？」

「納得？」

「だって、木梨さんは本気でおもしろいと思ってたんでしょう？　私に刺さると思ってたんでしょ？　正直、私わからないんだ。磯田さんも手放しで絶賛してたし、自分の評価が正しいとは思えない」

「本の評価に正しいも正しくないもないですよ」

「それはそうかもしれないけど、でも――」と言って、私は必死に口をつぐんだ。木梨さんが食い入るように見つめてくる。

その大きな瞳に屈したとは思わない。私は吐き出してしまいたかったのだ。一番言いにくい相手に、一番言いにくい話をぶちまけて、いっそ楽になりたかった。

私は自らのコンプレックスについて訥々と語った。一向に上がらない給料のことも、あまりに暗い将来のことも、往来館に対する屈折も、勝手に思い描いた山中さんの家族像まで、私は明け透けに話したし、木梨さんは表情一つ変えずに聞いてくれた。

話し終わってしばらくしても、木梨さんは口を開こうとしなかった。どこか諭すような目でじっと私を見つめるだけだ。

どれくらい無言の時間が続いただろう。先に視線を逸らしたのは木梨さんの方だった。木梨さんは何かを思い出したように表情を緩め、二度、三度うなずいた。

「明日、私は山中と朝イチで小田原に行きます」

言葉の意味がわからず、首をかしげた私にかまわずに木梨さんは淡々と続ける。

「小田原駅からさらにバスで十数分という場所にある個人経営の書店さんだそうです。特別大きな店ではないですし、売れ行きが飛び抜けているわけでもないんですけど、夏の文庫フェアの説明をしに行ってきます」

胸にモヤモヤした思いが広がった。文庫フェアの案内のために往来館が〈武蔵野書店〉に来たことはない。

木梨さんが語るのもまさにそういう話だった。

「山中の口グセは『営業と書店は同じ舟に乗っている』というものです。お互いが向き合う対立の構造に意味はなく、同じ方向を向いている同志じゃなければいけないって。問題も多いですし、口も悪いですけど、ああ見えて、むちゃくちゃ熱い人なんですよ。『ときには母のない――』のゲラを読んだとき、結果的には喜んでもらえませんでしたが、私は真っ先に谷原さんのことを思い出しました。だから山中に〈武蔵野書店〉に届けたいって言ったんです。でも、いい顔はされませんでした」

「なんで？」と尋ねながら、私はその答えが想像できた。木梨さんも私が想像できたことに気づいたようだ。

「対等じゃないからって言ってました。〈武蔵野書店〉は同じ土俵に上がってないって。私はカッとなって、たしかに以前はそうだったかもしれないけど、いまは違う。というか、いまの文芸担当の女性はそんなこと考えていない。いいと思う一冊の本を売ることに真剣だって言い返しました」

「でも、そんな……。実際に私は『ときには母のない――』を評価しなかったわけで……」

「だって、それは実際に刺さらなかったからですよね？」

「それはわからないよ。それこそ私は往来館に対して対等だなんて思えてないし。そんなたいした人間じゃない」

「それでも、谷原さんは作品の評価でウソは吐きませんよ。富田暁先生の一件を、見ているこっちの心が痛くなるくらい後悔している人は、二度とウソを吐かないです。今回は純粋に刺さらなかっただけですよ」

木梨さんはそう言って柔らかく微笑み、私の返事を待たずに続けた。

「書店でペコペコ頭を下げていれば業界全体が活気づくならいくらでもする。でも、自分が楽するためには絶対に頭なんて下げない。山中はそんなことも言っていました。その一方で、誰よりも書店の待遇改善を社内で訴えている人でもあるんですよ」

「そうなの？」

「例の『レッツゴー奥さま』のあれ、くだらない悪習はやめろって、社内で一人で上の人たちと戦ってます。あ、それともう一個。谷原さんの完全な勘違いがあって、山中さんの奥さんは読者モデルなんかじゃありませんよ。私もくわしくは知らないですけど、たしか二十五歳くらい年上の人だったはずです」

「はぁ？」

「なんか群馬の中学校時代の友だちのお母さんだった人らしいですよ」

「そ、そうなの？　何そのペタジーニみたいな話」

「ペタジーニ？」

「いや、それはどうでもいいんだけど」

「あ、あと子どもは男の子です。それは間違いありません。貫太(かんた)くんっていう生意気な子らしいです。とりあえず真利愛ちゃんではありません」

そう破顔しながらも、木梨さんは最後まで私の意見を求めてこなかった。

「私だって谷原さんの不安や焦りは理解しているつもりです。書店員さんの待遇の悪いのが当たり前だなんて思ってません。構造を変えなきゃいけないのはたしかです。でも、だからこそ、谷原さんはいま書店を辞めちゃダメですよ。谷原さん自身が書店に残って、この業界の構造を変えるために動かなきゃいけないと思うんです。それが未来の書店という場所の、ひいては出版界全体のためになるんですから」

話のスケールが大きすぎて、ついていくことができなかった。

「動くって、私は何を……」

「わかりません。まずは〈武蔵野書店〉の正社員になることなんですかね。正直、そこに対しては傍（はた）から見ていてずいぶん受け身だなぁって思っていましたから」

「受け身？」

「はい。そのためになんでもっとジタバタしないんだろうって思ってました。従来の制度とか社内の評価とかどうでも良くないですか？　いずれにしても、谷原さんは出版業界に必要な人なんです。もっと抗ってくださいよ」

図らずも親父とまったく同じことを口にして、木梨さんは最後だけかすかに迷う素振りを見せた。

「実はいま、ある大物作家さんがとんでもない書き下ろしをやっているそうなんです。私もまだウワサしか聞いていないんですけど、今度こそ谷原さんに刺さるんじゃないかって期待しています。また持っていきますので感想聞かせてくださいね」

とんでもなく悲壮感の漂う顔をしていたのだと思う。私のしようとしていることは、つまりはこれまで〈武蔵野書店〉が守り通してきた制度の改革を願い出るものだった。

いままで提出してきた「人事考課表」の自己採点をすべて変えさせて欲しい。面倒だからという理由だけですべての自己評価を「1」としてきたことを取り消したい。そのルールに当てはめたら正社員になる目はほぼないけれど、会社でいま一度谷原京子という人間をきちんと評価した上で、もし必要だと言ってくれるなら、正社員にしてほしい——。そう伝えるつもりでいた。

バックヤードにいた店長は、強ばった私の表情から何かを悟ってくれたようだ。おもむろに立ち上がると、外にいたスタッフに何か言付け、部屋の鍵まで閉めてくれた。

私が用件を切り出す前に、店長は自ら話し始めた。

「以前、朝礼で話したことがありますよね。私にも書店員以外の夢がありました。多くの巡り合わせと不運、さらには他人の強烈な悪意によって、夢は儚く散ってしまいましたが、それでもいま私は書店員という仕事に誇りを持って働いています」

店長が突然何を言い出したかわからなかった。それはわからなかったが、以前の朝礼と一言一句変わらない言葉であることには気づいていた。よほど気に入っているらしい。

食い入るように私を見つめ、店長は照れくさそうに鼻に触れた。

「本当はシンガーソングライターになるはずだったんですよ」

「は？　シンガーソング……？」

「ええ。音楽でご飯を食べていくはずでした。でも、多くの巡り合わせと不運、さらには他人の強烈な悪意によって、夢は叶いませんでした。あのとき、絶望に打ちひしがれていた私を救ってくれたのが、一冊の本だったんです。書店員という仕事を目指すのは、私にとっては自然な道理だったと思うんです」

店長は私を睨むように見つめてくる。

「谷原京子さんがいま何を考えているか、私にはわかっています。最近のあなたの表情を見ていればさすがにわかります。その上で一つだけお伝えさせてください。いまはまだ動かないでいただきたい」

「え……？」

「先に私に動かせていただきたいんです。谷原京子さんが自ら弊社の社長に伝えるのは、それからでも遅くはないと思いませんか？　私にまず抗わせていただきたい」

胸にこつんと何かが触れた。まさに私は柏木社長に直接申し出るつもりでいた。私を正社員にしてほしい。社長に評価してもらいたい。吉祥寺の本宅を訪ねてでも、そう申し出るつもりでいた。

「店長——」

独りでに口から漏れる。店長の表情はこれまで見たことないほど優しかった。

「いやいや、泣かないでくださいよ。谷原京子さん。女性を泣かせるのは私の趣味じゃありませんよ。大切なスタッフであり、家族でもある谷原京子さんの人生に密接に関わることは、私の人生にとっても重要なことなんです。もちろん、私としても覚悟を要することですけどね。でも、これは谷原京子さんだけの問題ではなく、私自身の問題です。だから、こちらこそお願いします。私にまず動かせてください」

振り返れば、店長の話はよくわからないことばかりだった。前触れもなく夢の話を始めたのも不思議だったし、私の表情を見ただけで心の内を理解するというのも考えてみればおかしな話である。

それでも、一応つじつまは合っていた。私は気持ちを悟ってくれていることの驚きと、守ろうとしてくれていることの喜びで、完全に舞い上がっていた。

「ありがとうございます！　はい、待っています。もちろん私も抗おうと思っていますが、まず店長が動いてくれるのを待っています」

そう叫ぶように口にして、生まれてはじめて店長とがっつり握手を交わしてから、二週間ほど経った日のことだった。

店長が私のために何かをしてくれている気配が微塵もなく、いい加減しびれを切らし始めたある日。資料を持って来店していた木梨さんとフロアにいた私を、後輩の磯田さんが血相変えて呼びにきた。

「谷原さん！　あ、木梨さんも！　ちょ、ちょっと、大変なんです！　早くバックヤードに来てください！」

とんでもなくあわてた様子で、磯田さんはちらりと店の壁を一瞥した。例のケーブルテレビ局のポスターが貼られている。『吉祥寺のど自慢大会、今年も開催大決定！』の文言が、なぜか悪い予感を伴って目に飛び込んできた。

バックヤードに駆け込むと、何人かがざわざわとテレビを取り囲んでいた。木梨さんと二人で輪の中に飛び込んで、私はギョッとした。「ギョッ」と口に出ていない自信がない。

型落ちの古いテレビに映っていたのは、めずらしく有給休暇を取っていた店長だ。真っ黒なサングラスをしてはいたが、黒い革製の上下があまりにダボダボなことと、はだけられた胸がとんでもなく白くて貧相なことから、すぐに店長だと見分けがついた。

しばらくして状況もつかめた。店長は大事そうにマイクを握りしめている。テレビ台のうしろの壁にも、くだんの「のど自慢」のポスターが貼られている。

司会者らしき中年女性が満面に笑みを浮かべた。

「では、山本さん！　最後に一言お願いいたします」

店長は格好をつけてあごをしゃくった。

「私は、歌って、たった一人に向けて歌われるべきだと思うんです。だから私は、一人に向けて歌います。その一人の先に、百万、二百万というファンがいることを信じています」

店長の一丁前の話を思いきり無視して、司会の女性が手を振り上げた。

「それでは、歌っていただきましょう！　吉祥寺が誇る〈武蔵野書店〉の敏腕店長、山本猛さんが歌います。ザ・ブルーハーツで『人にやさしく』です。どうぞ！」

私はその曲を知らなかった。でも、出だしから歌詞には共感しきりだった。それまで仁王立ちしていた店長が、歌い始めたと同時にステージの上で、飛んだり、跳ねたりし始める。

「気ーがーくーるーいーそーうー！　ナーナーナーナーナーナー！」

コーラス部分も自分で歌う店長の姿に、感情不明の涙が頬を伝う。これが怒りから来るものなのか、情けなさからなのかはわからなかったけれど、歌詞だけは見事に納得いった。本当に気が狂いそうだ。こっちのセリフだ！

店長はステージの上を縦横無尽に駆け巡る。いったいどういうつもりなのか。ワケのわからないことばかりだったけれど、理解できたことが一つだけある。店長の夢が潰えたという理由だ。

何が「巡り合わせ」で「不運」だ。

何が「他人の強烈な悪意」だ！

店長はビックリするほど音痴だった。

それでも店長は楽しそうだ。途中でサングラスを審査員席に投げ捨て、露わになったその表情は、まるでいっぱしの歌手のように充実感にあふれている。

ふと先日のやり取りが脳裏を過ぎった。つまり、店長が言っていた「まず動く」は、このことだったようだ。谷原を正社員にしてほしいと社長に進言してくれるわけではなく、かつて抱いた「夢」の力でただ私を励ましたかった。

それを確信したのは、サビの歌詞を聴いたときだ。店長はいよいよ悦楽の表情を浮かべ、マイクを口に当てながら、カメラに向かって指さした。

「ぼーくーがー、言ってやるー！」

おい、やめろ。

「でっかい声でー、言ってやるー！」

だからやめろって！

「谷原京子に言ってやるー！」

……。

「聞ーこーえーるーかい？」

だから、おいって……。

「ガンバレーーー！！！」

その瞬間、全身の細胞がぷちぷちと激しい音を立てた。毛穴という毛穴から冷たい汗が噴き出して、私はあいかわらず意味不明の涙を流しながら、笑っていた。

まわりにいたスタッフはゾッとしたように私に目を向け、少しずつ距離を取っていく。モーゼの十戒のように人が捌(は)けていく中で、木梨さんだけが私のとなりから離れようとせず、同じようにテレビを凝視していた。

木梨さんは無意識というふうに私に腕を絡めてきた。やっぱりナゾの涙をこぼして、木梨さんはあろうことかこんなことを口にした。

「店長さん、カッコいい……」

ああ、この子もバカなんだ――。

そんな思いが瞬時に過ぎる。

でも、それはいつものような辟易したものとは正反対で、言うなれば晴れて対等になれたような、心強い「バカ」だった。

第五話　神様がバカすぎて

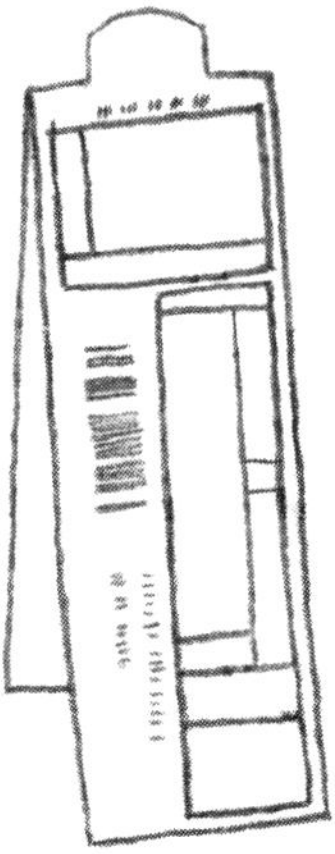

まったくもって天中殺（てんちゅうさつ）だ。

私には特定の信仰もなければ、占いの類（たぐ）いさえ気休め程度にしか信じていない。もちろん自分の前世がどうこうなど考えてみたこともない。

でも、こうもうんざりすることばかり立て続けば、いい加減あやしいという気持ちが湧（わ）いてくる。

お客様は神様です――。

その出所が三波春夫（みなみはるお）か、レッツゴー三匹なのかは知らないけれど、クレーマーが好んで使う例のあれを額面通り捉（とら）えるのなら、私はよっぽど前世で神を冒瀆（ぼうとく）したに違いない。

そんなことを本気で考えなければならないほど、キツいことばかり起こる日だ。いや、イヤな客ばかり来店する日なのだ。セミの鳴き声が店のＢＧＭを打ち消す、八月。ガラス扉の向こうの景色がゆらゆらと揺れている。

ああ、天中殺、天中殺、天中殺……。

私にはどうしても苦手な神様が三人いる。寝る前に想像してしまうと身体がかゆくなって寝られなくなるレベルの三人が、示し合わせたように同じ日にやって来た。一人ずつ、説明していきたいと思う。

エントリーナンバー1。推定六十五歳、薄くなった髪の毛を強引になでつけた男性。言わずと知れた『月刊　釣り日和』の愛読者であり、数年前まで公務員をしていたという神様だ。

仮に「神様A」とするこのお客様は、あいかわらずオープンと同時に〈武蔵野書店〉にやって来る。以前は月、水、金の完璧なローテーションを崩さなかったが、最近ではどういうわけかそこに木曜日も加わった。

そして、今日は木曜日だ。一度は「男同士」ということで分かり合えた店長は、私の知らないところでミスを犯し、こっぴどく叱られたことがあるらしい。それ以来、土日以外は、朝礼を終えると颯爽とどこかに姿をくらますようになった。

さぁ、来るぞ……とスタッフみんなが身構えた。開店を告げる『愛のオルゴール』は、すでに私たちの耳には悪魔の咆哮にしか聞こえない。

神様Aは他の常連さんを従えるようにして、先陣切って入店してきた。そこまではいつも通りの展開だったが、いつもと違うことが一つあった。普段だったら嫁の掃除のあら探しをする姑よろしく、店内をぐるりと一周して目ざとく不備を見つけてくるのに、なぜか今日は一直線にレジに向かってやって来たのだ。

つかつかという足音が、私にはたしかに悪魔のそれに聞こえた。

「おい、お前――」

「はい、なんでしょう」と、ベテラン女優のような完璧な笑顔で応対しながら、心には十重二十重にバリアを張った。もう「お前」くらいで心を乱されるほどウブじゃない。

「新聞に出てた新刊本を持って来い」

「新聞でございますか？」と、私はもう一重バリアを厚くした。神様Aの額に一気に青筋が浮かび上がる。

「だから新聞だって言ってるだろ！『いま一番売れている本』ってデカデカと書いてあったあの本だ！」

理不尽だ、理不尽だ、理不尽だ……という気持ちを、私はキラキラの笑顔で覆い隠す。

「申し訳ございません。タイトルか、著者名はわかりますか？」

「そんなものは知らん！」

「小説でしょうか？　実用書ですか？　雑誌やマンガの可能性もあると思うのですが」

「だから知らないと言っているだろうが！　一六〇〇円くらいで、赤い表紙のやつだ。とにかく新刊だ！」

「新刊でございますね」

「当たり前だ！　新聞の広告欄に出ていた本が新刊じゃないなんてあり得るか！」あり得るんだよ！　という心の叫びを、私はすんでのところで押し殺す。「赤い表紙、一六〇〇円、新聞広告……」とこれみよがしに口にして、私は見つかるわけがないと思いながら、インターネットで検索した。

「ちなみに本日の新聞でございますか？」

「知らん。昨日、散髪屋の棚にあった」

「どの新聞だったかわかりますか？」

「たしか朝日か、読売か、毎日か、産経だ。いや、東京新聞だったかもしれないな」

「そうですか。朝日か、読売か、毎日か、産経……。あるいは東京でございますね」と、私は自分の言っているめちゃくちゃさに気づいてほしい一心で繰り返す。むろん、神様に庶民の声など届かない。

「おい、早くしろ。お前ら、いくらなんでもプロ意識がなさすぎるぞ」

怒り心頭の口調が、ため息を一つ挟んで諭すようなものに変わった。これもまたいつものことだ。長い長い説教タイムに突入する前振りであることを〈武蔵野書店〉のスタッフなら誰(だれ)でも知っている。

絶対に口答えしてはならないということも、知らない者はいないだろう。

「なぁ、おい。お前だってちゃんとサラリーをもらっているんだろ？」

ええ、想像を絶するほどの薄給ですが。私は心の中だけでやり返す。

「新聞広告に出てた本だぞ？　『いま一番売れている本』なんだ。それくらい押さえておかなくてどうするんだ」

そんな本、この世にはごまんとあるのです。

「だいたいこの店は品揃え（しなぞろ）が悪すぎる。売れ筋の本すら置いてないじゃないか」

私も同様の不満を抱えています。ひとえに出版社や取次（とりつぎ）が回してくれないからと言えるでしょう。

「前にも似たようなことがあったよな。俺（おれ）が探している本をなかなか見つけてくれなかった」

ええ、ございました。たしか三十年以上も前に絶版になっていた本。の、下巻のみでございました。

「あのときもお前らは大騒ぎしていたよな」

そうでした、そうでした。何せお客様から出てきた情報が「学生時代に読んだ、当時売れ筋だった、赤い本」のみでございましたから。神様はよほど赤い本がお好みのようで。

「結局、手に入れることはできなかったし。そのことを恥ずかしいとは思わないのか？」

正直、思いません。むしろよくそんなマメ情報から絶版本の正体を割り出せたものだと、自分のプロ意識を褒（ほ）めてやりたいくらいです。

「そんなことだからお前らはアマンザなんかに負けるんだよ」

「アマゾンのことでございますか」と、私は本当に無意識のまま口走った。となりにいた磯田さんがハッと息をのみ、私も自分の犯したミスに気づく。一瞬の間を置いて、神様Aの額の青筋が心臓のように脈打った。

「なんか言ったか？」

「いえ、何も……。あの、こちらいかがいたしましょう。なんとか見つけ出して取り寄せることはできると思うのですが」と、私は話題を変えたいという焦りから、わざわざ面倒を呼び込むことを言ってしまう。

「どれくらいで届く？」

「おそらく二週間くらいかと」

「そんなに待たせるつもりか。お前ら、本当に仕事を舐めてるんじゃないだろうな？　そんなんじゃ絶対にネット書店に勝てないぞ。とりあえず取り寄せろよ。買うか、買わないかは現物を見て決める」

「いや、それは……」

「できないのか？　本には返品可能な再販制度ってもんがあるんだろ？　だから俺たちはすべての本を定価で買わされているってどこかで聞いたぞ」

はい、そうです。おっしゃる通りでございます。再び心の声に切り替える。早く赦されることだけを願っていた。その心の声が届いたのか、神様Aはマーキングするように大きなため息を置き去りにして、名残惜しそうにようやく店を出ていった。

それでも、鬱々(うつうつ)とした気持ちは半分しか消えていない。昼休みにちくわを挟んだパンを食べながら、私は一週間分の新聞広告に目を通した。

不運なことに「一六〇〇円くらい」の「赤い本」は三冊も掲載されていた。しかも、そのすべてに『いま一番売れている』系の文言が記されてあってぶったまげた。神様Aの真っ赤な顔が脳裏(のうり)を過(よ)ぎり、私は絶望的な思いに捕らわれた。


これだけでも充分すぎるほど天中殺だった。しかし、おそらく前世で悪行の限りを尽くしてきた私への試練は続いた。

午後一番でやってきたエントリーナンバー2、「神様B」は、おそらく七十五歳くらいの白髪の男性だ。

この神様、とにかく見た目は抜群に人がよさそうだ。実際に話す口調もやさしいのだが、ある一つの特徴と、一つの欠点のせいで、私たちスタッフにひどく恐れられている。

本当は磯田さんの時間帯だったのに、たまたま顔を出した版元(はんもと)の営業につかまっていて、私がレジに立っていた。

神様Bはそのタイミングを見計らっていたかのように来店した。しかも、神様Aのときと同じように、普段は一、二時間は平気で店内を物色するにもかかわらず、なぜかまっすぐに私のもとへ歩いてくる。

いつも通りのやさしい笑みを浮かべながら、神様Bはゆっくりと口を開いた。

「チューバッカ万歳、チューバッカ万歳！」

偽りも、誇張もない。私の耳にはそうとしか聞こえなかった。チューバッカ、チューバッカ……と口だけを動かしながら、私は脳をフル回転させる。なんだ、それ？　早く似ている言葉を見つけ出せ！　と、自分に命じる。

しばらく無言の時間が続いたが、結局、私は正解を導き出すことができなかった。それは仕方のないことだとしても、対応を完全に間違えた。

「あ、あの、すみません。チューバッカとはなんのことでしょう？　もう一度ゆっくりおっしゃっていただいてよろしいですか？」

神様Bの鼻息がみるみる荒くなる。私は自分のミスに再び気づいて、両手で顔を覆いたくなった。そう、神様Bの特徴は圧倒的なまでの滑舌の悪さであって、欠点は聞き返すと烈火のごとく怒り出すことなのだ。

もちろん、私に神様をバカにする意図など微塵もなかった。ただ、なんとか怒らないでほしいと、ヘラヘラ笑ってしまったのがいけなかった。そんな初歩的なミスを犯したのは、きっと視界の隅に「神様C」の姿を捉えてしまったからだろう。

神様Bは我を忘れたように怒鳴り声を上げた。いかにも口うるさそうな神様Aに叱られるより、一見すれば仏様のような神様Bに罵声を浴びせられる方が精神的にずっと来る。「彼女に浮気されたときより人間不信になりました」という名言を残し、アルバイトの男の子が辞めていったのも、そういえば神様Bに大説教を食らった直後だ。

「∇◎☆●∧♀▼♭◎★♂！！！」

もはや何語かさえ判別不能だった。「ツィゴイネルワイゼン」としか聞き取ることのできなかった怒声を、私は「申し訳ございません！」「本当に申し訳ございません！」と、ひたすら頭を下げ続けてやり過ごす。

ようやく神様Bの怒りが鎮まりかけて、おずおずと顔を上げた私のそばに後見人のように立っていたのは、エントリーナンバー3の「神様C」だ。推定七十二歳のこの小柄な老婆についてはくわしい説明を端折りたいと思う。

とりあえず特筆すべきは、なぜか私に異常なまでの愛情を注いでくれるということだ。レジのご指名は当然として、世間話の相手から前回タッパー詰めでいただいた料理の感想、お孫さんの読書感想文の添削に、「谷原さん、私の養女にならない？」という本気とも冗談ともつかないお誘いの対応まで。結果として釈然としない残業が月に数度も課せられることもあり、「すでに谷原は調教済みだから」といった顔をしている神様Cへの対応は、個人的には前者二人よりもはるかに精神が摩耗する。

本当に天中殺だった。私にとってのワースト3とも呼べる神様が次々とやって来ては、オープン直後から昼休み、そして午後の時間に至るまで、あの手この手で神経を削り取っていこうとするのである。

そこにもう一つ加えることがあるとしたら、合間合間に店長を目的とした地元の女子高生たちが来店していたということだ。

「あ、あの、山本店長はいらっしゃいますか」

頬を赤くして尋ねてくる彼女たちの、なんて可憐なことだろう。私にはまったく理解することができないけれど、五月にあったケーブルテレビ主催の「大のど自慢大会」で、店長はなぜか多くの若い女性ファンを獲得していた。

きっとゆるキャラ的なノリなのだろう。彼女たちを責めようとは思わないけれど、鼻の下を伸ばし、どんなに忙しくてもその応対だけは怠らない店長には腹が立つ。さらに言うなら「あ、谷原京子さん。ちょっとお手すきのときに色紙を出してもらえますか？　彼女たちにサインを求められちゃって。もちろん、私がお支払いしますので」などと言われることには、ハッキリと殺意が湧く。

三人の神様と、二人の女子高生、そして一人の店長に翻弄され、神様Cに頼まれた包装の仕事をようやく終えたときには、私はヘトヘトになっていた。

それでも捨てる神、拾う神ならぬ、苦手な神様と、大好きな神様だ。今日はまっすぐ帰って惰眠を貪ろうと思いながらバックヤードを出た私の目に映ったのは、私に作家・大西賢也の素晴らしさを語ってくれた、淑女・藤井美也子さんだ。通称「マダム」である。

「藤井さん！」

メガネをかけて新刊台をチェックしていたマダムに、私は声をかけた。普段だったら絶対にそんな図々しいマネはしないけれど、その優雅なたたずまいに心が解けてしまった。

「ああ、谷原さん。久しぶりね」

メガネを外したマダムもイヤな顔を浮かべないでくれた。いつも通りのやさしい笑みに私はすっかりほだされてしまい、我慢しなければ涙までこぼれそうだった。

「本当にごぶさたしています！　最近、お見かけすることが少なかったのでちょっと心配していました」

「あら、嬉しい。少しバタバタしててね」

「お忙しかったんですね。そういえば、また痩せられましたね」

「ええ、そう？」

「はい。うらやましいです。私だってバタバタしてるはずなのに、全然痩せません」

「だけど谷原さんもちょっとやつれて見えるわよ。あんまり根詰めすぎちゃダメよ。あなたマジメなんだから」

マダムにとっては何気ない一言だったのだと思う。でも私にとっては、あまりに理不尽だった一日を一瞬で認めてくれる魔法の言葉だった。

「ヤダ、ちょっと。どうしたの？」

「え、何が？」

「涙、出てる」

そう言ったところで口をつぐみ、マダムは腕時計にすっと目を落とした。そしてバッグからハンカチを取り出し、私の手に押しつけながら、思ってもみないことを言ってきた。

「谷原さん、今日はもう終わり？」

「はい。今日は上がりです」

「じゃあ、これから二人でのみにいかない？」

「え、いまからですか？」

「ダメ？　やっぱりお客さんと行くのは違反だったりするのかな」

自分で言って納得したようにうなずいたあと、マダムはどこかさびしげな笑みを目もとに浮かべた。

「でも、まぁいいじゃない。私が〈武蔵野書店〉のお客さんでいられるのもあと少しだから。他のスタッフには黙っておけばいいからさ」

マダムと二人でのみに行けるのは純粋に嬉しかった。でも、なぜか私が誰かに突発的に誘われるのは給料日前と決まっている。例によって財布の中身はカラカラだ。

先に親父（おやじ）に許可を取り、マダムに「神楽坂でのみませんか」と提案した。私の口から「神楽坂」という街の名前が出てきたのが意外だったらしく、マダムはただでさえ大きな瞳（ひとみ）をパチクリさせた。

私は素直に財布事情を説明した。マダムは「そんなの私が払うに決まってるじゃない」と言ってくれたし、正直、私もそう言ってくれるのだろうと思っていたが、受け入れることはできなかった。

「もう、谷原さんちょっとマジメすぎ！　そんなんじゃ、ホントにこれから損ばっかりすることになるわよ」

「もう充分損ばっかりしている気がします」

「うーん、神楽坂かぁ。まぁ、でも谷原さんの実家っていうのは悪くないわね。いいわ。受け入れた。その代わりタクシーで行くからね」

「えー、それじゃあ意味ないですよ」

「うるさい。これは客としての命令。お客様は神様なんでしょう」

「出た、キラーワード」

「なんの話？」

「こっちの話です！」

吉祥寺駅前から強引に乗せられたタクシーで、会話は思いのほか弾んだ。店でのやり取りから、私が知っていたのはマダムの名前が藤井美也子さんだということくらいだ。年齢が五十二歳であることも、証券会社に派遣で勤めているということも、驚くべきことにいままで独身ということも全部はじめて知らされた。

話している間、私はスマホでこっそり「マダム」と検索した。案の定「奥様」や「夫人」といった意味がヒットしたが、べつにそう呼んでいるのは心の中だけだ。いまさら通称は変えられない。

マダムが話し、笑い、髪に触れ、身体を揺するたびにいい香りが漂った。五十代と思えぬほど笑顔は可愛らしく、シャツにパンツというシンプルな服装もとても洗練されている。メイクにもヘアスタイルにも隙はなく、私は純粋に憧れた。きっと輝かしい毎日を送っているのだろう。じゃあ自分が服やメイクに気を配るかと問われれば答えは「ノー」だが、明日からマダムの人生と入れ替わりたいかという質問にはきっと「イエス」と答えると思う。

夏らしいシトラス系の香りにうっとりと身を委ねているうちに、タクシーは見慣れた大久保通りに入っていった。

マダムが唐突に話題を変えたのは、タクシーが神楽坂上で停まろうとしたときだ。

「さっきの話の続きだけどね。私、近く東京を離れることになったのよ。お客さんじゃなくなるっていうのはそういう意味。実家のある大分に帰ることになったんだ」

「え、どうして？」

「まぁ、いろいろとね。そのこともあなたの店で話すわね」

楽しそうに微笑んだマダムを従えて、実家〈美晴〉の暖簾をくぐった。他にお客さんはいなかった。それを確認してか、マダムは「うわぁ、カワイイ！　素敵なお店！」と、少女のような嬌声を上げる。そんなマダムを、親父が包丁を握ったまま呆けたように見つめている。

このスケベじじぃ……という気持ちを込めて、「今日、石野さんは来てないの？」と、私は親父がお気に入りの女性常連客、石野恵奈子さんの名を挙げた。

親父はぴくりと肩を震わせて、「ああ、最近あんまり来てないな」と、あわてたように口にする。一通り挨拶を交わし、「先にお手洗い」と言ったマダムの背中をボーッと見ていた親父が、すぐに小声で尋ねてきた。

「誰だよ、あの人」

「お店のお客さん」

「前にこの店に来たことあったよな？」

「はぁ？　あるわけないじゃん。全然そんな感じじゃなかったし」

「そうか？　なんだろう。俺どっかで会ってるよな？」

「会ってないよ。何なの、それ」

このエロ親父……という言葉をあらためて嚙み殺したところで、マダムがトイレから戻ってきた。

マダムは早速ビールを注文する。「良かったらお父さんも」という言葉に、親父は嬉しそうに鼻の下を伸ばして、二人は楽しそうにグラスを合わせた。

「あー、おいしい。お父さんの生サイコー！」

なぜか一瞬卑猥（ひわい）に聞こえたマダムのよいしょに気をよくして、親父は何か話したそうにしていたが、ちょうどそこに四人組のサラリーマンが入ってきた。名残惜しそうな親父と、どこか安堵（あんど）したようなマダムの表情が対照的だ。

「で？　谷原さんはどうなの、最近は調子いい？」

マダムはグラスをゆっくりとカウンターに置いて、尋ねてくる。

「どっちのですか？　仕事？　プライベート？」

「じゃあ、調子のいい方」

「どっちもひどいんですねぇ」

「じゃあ、プライベート。っていうか、私、谷原さんのことって何も知らないのよね。下の名前ってなんだっけ？」

「京子です」

「じゃあ、京子ちゃん。ボーイフレンドはいるの？」

「いませんね。いまの仕事を始めてからいたことがありません」

「へぇ、意外。こんなにカワイイのにねぇ」

「ありがとうございます」

「じゃあ、最近デートはした？」

「え、デート？」

「あ、したんだ。あなたって正直ね。顔に出るからすぐにわかる」

マダムは決めつけるように言い放って、笑い声を上げた。ちらりと親父に目を向ける。サラリーマンたちにつかまっていることに、ホッとしている自分がいる。

「ねぇ、教えてよ。減るもんじゃないんだし」と、店でのアンニュイな印象と一八〇度異なり、マダムは女子高生のような軽いノリで尋ねてくる。口からため息が自然と漏れた。

実際、私は最近四年ぶりとなるデートをした。正確には三週間前だ。SNSに突然ダイレクトメッセージを送ってきたのは、半年ほど前に〈武蔵野書店〉でトークショーをしてくれた『空前のエデン』の富田暁先生だった。

『最近、少し煮詰まっていて。僕の作品について率直な意見を聞かせてもらえませんか？』

そんな内容ではあったけれど、はじめは誰かのイタズラなのだろうと身構えた。でも、アカウントは富田先生本人のもので間違いなかったし、何よりもそんなイタズラを仕掛けたところで得する人間はどこにもいない。

作品を巡るメールのやり取りは、正直に言って心が弾んだ。あのトークショーでのやり取りがきっかけだったとは思わないが、最近の富田先生のＳＮＳは以前のようなトゲがなく、メールの文章も丁寧だった。

それでも『直接会ってもう少し話を聞きたいな』というメッセージには、警戒した。『それではまたお店の方に』という当たり障りのない私の返信を、富田先生は『できれば二人で会いたいんだ。良かったら食事でもどうですか？』と打ち消した。

意味がわからなかった。いまをときめく売れっ子作家が、日々濁った空気の中でもがいている契約社員の書店員を食事に誘うことなどあるのだろうか。

そもそも私を私と認識しているかもあやしいものだ。他のキレイなスタッフと間違えているのではないか……というようなことを考えて、あの日かかわった中にそんな人いなかったという失礼極まりない思いが脳裏を過ぎった。

なかば押しきられる形で二人で会うことになった。最後までドッキリにかけられているという疑念は拭えず、だからこそ店の誰かに相談することはできなかったが、すでに会社を去っている小柳真理さんにだけはデートの服を借りにいった。

「あの谷原がデートとはねぇ。相手は誰？　どんな人？」

インモラルな恋から解放されたおかげか、それともバイト勤めをしているアパレル店の水が合っているのか。小柳さんは〈武蔵野書店〉にいた頃よりも表情が明るかった。

昔から鋭いところのあった人だ。当然デート相手を明かせないでいた私に大胆なメイクまでほどこしながら、小柳さんはこんなことを尋ねてきた。

「なーんかおかしいんだよなぁ。ねぇ、ホントに誰？　ひょっとして私も知ってる人？　もしかして作家とか？」

「は、はぁ？　そんなわけないじゃないですか。なんで作家さんが私なんかを」

「まぁ、それもそうよね。どっかの小説じゃあるまいし。じゃあ、あれだ。店長だ」

口調は冗談めいていたけれど、その瞬間、空気は完全に凍りついた。先の質問とは違う角度から強烈なカウンターを食らい、私は絶句する。

「ちょっと、小柳さん。いい加減にしてください」

「だってぇ、あり得なくはないでしょう？　なんだかんだ言って、谷原ってちょっと店長を意識してると思うんだよねぇ」と、茶化すようにしなをつくった小柳さんに、私はさらにむかっ腹を立てた。

「あり得ません。何が『だってぇ』ですか。意識なんかしてません」

「そう？」

「絶対にあり得ませんから！」

ムキになって声を荒らげた私をいなすように、小柳さんは最後に頬をポンポンと叩(はた)いて「はい、できた。ま、相手が誰だとしてもがんばってきなよ。ちゃんと仕上げれば谷原はすごくカワイイんだからさ」と口にした。

たしかに鏡に映る自分は見たことがないほど仕上がっていた。夕方になって三鷹まで愛車のプジョーで迎えに来てくれた富田先生も「うわぁ。すごい、谷原さん。お店で見るよりずっとキレイだ」と言ってくれて、顔が赤くなるのが自分でもわかった。

環八で玉川インターから第三京浜に乗り、向かった先は横浜だった。二人で会ってわかったのは、富田先生がどうやら本気で私に興味を示してくれているということ。そして実はあまり女性慣れしていなそうだということ。

小説が売れているということは、イコール女遊びをしているということではないのだろう。そこに因果関係は存在しない。売れっ子作家がモテるなどというのも、書店員である私の勝手な偏見なのかもしれない。

「学生時代はずっと周囲に無視されてると卑屈になっていたくらいだからさ。小説家になったときに見返そうと思いすぎてたんだ。見返す相手も見えていないくせに、ワケのわからない虚勢を張って。谷原さんのとこの店長にガツンとやられたときは腹が立ったけど、ちょっと目が覚めた気もするんだ」

そう素直に心情を吐露する同い年の富田先生のことを、私ははじめてカワイイと思った。

「でも、その〝周囲に無視されていた〟という感覚こそが、先生に『空前のエデン』を書かせたわけですよね」

「ねぇ、谷原さん。その『先生』っていうのやめてもらえないかな」

「でも――」

「壁を感じるというより、バカにされている感じがしてイヤなんだ。まだ下の名前で呼んでとは言わないからさ。せめて富田さんにしてもらえると嬉しいな」

ハンドルを握る富田先生の頰がみるみる赤く染まっていく。あらためてカワイイ人だと感じた。そっと差し出された震える手に警戒心は芽生えず、さすがに握り返すことはできなかったけれど、ずっと手の甲に置かれていることは不快じゃなかった。

富田先生が予約してくれていたのは、ホテル最上階のフランス料理店だった。前夜、ピースチーズ二つとうまい棒三本ですませた身としてはあきらかに分不相応で、食事の質の寒暖差で体調を崩すレベルであったけれど、緊張は不思議としなかった。きっと、もっとガチガチになっている人が目の前にいるからだ。

いつもの定食屋の方がずっとおいしい……なんて感じることもなく、はじめて目にする料理はどれもこれも洗練されていて、私は慈しむように一口ずつ咀嚼した。

富田先生の緊張も少しずつ解けていって、みなとみらいの観覧車を見下ろす窓辺の席で、私たちは『空前のエデン』やこの冬に出るという新刊、しかも傑作の匂いがぷんぷんしている書き下ろしについてなど、リラックスして話すことができた。

それでも食後のデザートが運ばれてきた頃には、再び富田先生の口数は少なくなった。「すみませんでした。私ばかりお酒をいただいちゃって」と、気を遣ったわけではないが、私は小さく頭を下げる。

「ううん。あのワインを谷原さんにのんでもらいたかったから。どうだった？」

「とてもおいしかったです。お世辞じゃなく、あんなにおいしいワインはじめてのんだと思います」

「それは良かった。次回は是非僕とのんでください」

「はい。喜んで」

「いや、違うな。そういうことを言いたいわけじゃないんだ」

そう独り言のようにつぶやいて、富田先生は肩で大きく息を吐いた。

「僕とまたデートしてもらえませんか。谷原さんのこと、もっとよく知りたいんだ」

声は震えていたし、視線はテーブルのどこか一点を向いていた。このときにはさすがにドッキリを疑ってはいなかったし、フランス料理と同じように分不相応なことと理解していた。なんで私みたいな女に興味を示してくれるのかという気持ちは変わらずあって、人として富田先生のことも嫌いじゃなかった。

何よりも『空前のエデン』という超傑作を世に送り出した人なのだ。謙虚さを取り戻したこの先、ますますすごい作品を発表するに違いない。そのとなりに自分がいる姿を無理やりにでも想像すれば、うっとりする気持ちはたしかにあった。でも、私は何も答えられなかった。

明るい未来図を思い描こうとするたびに、なぜか脳裏を過ぎる顔があった。間違いなく、直前に小柳さんが余計なことを言ったせいだ。富田先生に心を奪われそうになるたびに、どういうわけか店長の笑顔が目の前をちらついた。

私はそれを打ち消そうとし続けた。なのに、必死になろうとすればするほどあの軽薄な笑みが浮かんできて、途中から気分が悪くなったほどだった。

「結局、次のデートの約束はできなかったんですよね」

富田先生の名前を「某小説家」と濁し、店長のことは隠したが、私はたいていのことを打ち明けた。

マダムの目が真ん丸に見開かれている。

「何それ、あれとまったく一緒じゃん」

マダムの口にする「あれ」が何なのか、もちろん私にはすぐにわかった。

「違います」

「なんで？　一緒じゃん。あれよ？　大西賢也の書いた『早乙女今宵の後日談』とほとんど同じ展開だよね？」

そうなのだ。実は私自身も思っていた。あの小説の主人公、榎本小夜子もサイン会にやって来たイケメン作家に告白されたが、それをにべもなく断った。その理由は「私のことを一番理解してくれている」店長のことが気になるから。横浜のホテルのフランス料理店で私が嘔吐きそうになったのは、まさにそのエピソードを思い出したからだ。

「だから全然違います！」

否定する言葉にも力がこもる。そう、でも実際に違うのだ。私は店長のことなんか好きじゃないし、理解してくれているなどとも毛の先ほども思っていない。むしろまったく理解されずにいつもイライラしているし、何よりも小説と現実とでは店長のタイプがまったく違う。

『早乙女今宵の後日談』に登場する店長は、「超」のつくキレ者だ。何せ「名前がアナグラムだった」ということにいち早く気づき、書店員・榎本小夜子（ＥＭＯＴＯ　ＳＡＹＯＫＯ）を、（Ｉ）が足りていないということには見て見ぬフリをしながら、元売れっ子作家・早乙女今宵（ＳＡＯＴＯＭＥ　ＫＯＹＯＩ）と割り出してしまったのである。そんな芸当、うちの店長にできるはずがない。もしそんなことができる人なら、とっくに好きになっている。

ムキになって否定した私を、マダムは意地悪そうに見つめていた。そして「そうかぁ、店長かぁ。たしかに京子ちゃんと店長っていうのは盲点だったかもしれないなぁ」などと、決めつけたように口にする。

その瞬間、私はこれから起こる良からぬ展開をハッキリと想像した。やさしかったはずのマダムの表情が、途端におせっかいなおばさんに、さらには「神様Ｄ」に化けて見えた。

「大西賢也先生っていえば、なんかいますごい書き下ろしをやってるみたいですね」

話題を変えたい一心で、私は言った。マダムの表情が明るく弾（はじ）ける。

「あ、往来館のＳＮＳ見た？　あれ、また書店ものなんだってね」

「へぇ、そうなんですか。じゃあ『早乙女今宵――』の続編？」

「っていうわけじゃないみたいよ。なんかまた書きたいテーマが見つかって、新しいシリーズを立ち上げるって」

「くわしいですね」

「全部ネットに書かれていたことなんだけどね」

マダムは嬉しそうに口にして、大西賢也の新刊がいかに待ち遠しいかということを力説し始めた。

店長の話よりはずっとマシだから、私も適当に相づちを打ちながら聞いていた。でも、正直に言えばそれほど興味は持てなかった。

そもそも大西賢也という小説家にたいして思い入れがない。デビュー作である『幌馬車に吹く風』のような作品ならまた読んでみたいと思うけれど、書店が舞台の小説にはいい予感を抱けない。『早乙女今宵――』とは違ったとしても、どうせ登場する人物みんながキラキラしているのだろう。

マダムは大西賢也への愛を語るだけ語って、トイレに立った。千鳥足のマダムの背中を見守っていたら、突然親父に声をかけられた。

「ああ、そうだ。やっぱりそうだ。思い出した」

私はおずおずと振り返る。「何よ、急に。思い出したって何？」と尋ねた私を一瞥もしようとせずに、親父はトイレの戸を見つめたまま言った。

「あの人、あれだろ。俺がお前を連れていってた神保町の本屋の人」

「はぁ？」

「ほら、いつかお前自身が言ってたじゃねぇか。お前に絵本を薦めてくれた書店員。俺、完全に思い出した。だから見たことあったんだ」

私は呆然とトイレの戸に視線を戻す。キャンペーンガールの写ったビール会社のポスターが新しくなっている。

突然の展開に頭がついていかなかった。思考することを放棄するように、私はそのキャンペーンガールの風船のように膨らんだおっぱいをただじっと見つめていた。

ひとえに神様がバカすぎるせいだった。神様のご乱心のおかげで、私はとんでもない目に遭わされた。

「神様D」こと、マダム。こと、藤井美也子さんと実家〈美晴〉で痛飲した翌日。いつものように薄っぺらな笑みを浮かべ、いつもと同じく長い朝礼をしていた店長の姿が、どういうわけかいつもと少し違って見えた。

「いいですか？　みなさんに足りていないのは徹底した自己開示です！　ご自身の心を開こうと

しないで、どうしてお客様がみなさんに心を開いてくれるでしょう？　いま一度、それぞれの胸に手を当てて問いかけてみていただきたい！　本当にみなさんはハートをオープンできているのか。ここに集いし仲間たちをファミリーと慈しむことができているのか。考えてみていただきたいのです――」

突如登場した「ファミリー」というパワーワードに、「ハート」を「オープン」などという長嶋茂雄的横文字の羅列。そもそもこっちが心を開こうが、開くまいが、書店という場所においてお客様が心を開く必要があるとは思えないし、もっと言えば、それなのに心を開きまくるお客様が多すぎることが目下の私たちの悩みなのだ。

あいかわらず意味を為さない話の内容も、大仰なジェスチャーも、瞳が真っ赤に潤んでいることも、店長に普段と変わったところはない。それなのに、なぜかそれを見つめる私自身の気持ちに変化がある。胸の奥底をとんとんと何かが突く。

瞬きをするのも忘れ、私はよく動く店長の口を凝視していた。ふと脳裏を過ぎったのは「すべて演技なのではないだろうか？」という、これまで考えたこともないナゾの仮説だ。

もし、万が一……。店長がわざと「バカ」に振る舞っているのだとしたら、どうだろう？

なんのために？

もちろんマネージメントのために。円滑な店舗運営のために、あえてリーダーとしての自分がピエロを演じている。そんなこと、あり得るだろうか？

あり得ない……ことはない。

事実、いまや〈武蔵野書店〉吉祥寺本店の全スタッフは、アンチ店長の旗の下で完全に一枚岩となっている。そのおかげかは知らないけれど、この数ヶ月は前年比で大幅な売り上げプラスを記録し続け、かつてないほど店は活気に満ちている。

むろん、だからといって店長が「演技している」とは思わない。でも、万に一つでもその可能性があるとしたら、どうだろう？

我々の想像を超える敏腕店長……？

ないないないないない！　絶対にない！

心の中で壮大に自分に突っ込んだとき、店長が一冊の本を頭上に掲げた。いつかの朝礼でも紹介していた、竹丸トモヤ著『やる気のないスタッフにホスピタリティを植えつける、できるリーダーの心得　77選！』だ。それをまるではじめてのように「今朝、おもしろそうな本を見つけました」などと紹介し始める。

店長の額にうっすらと汗が光っている。ボンクラ四十男の、脂汗。普段だったら吐き気を催すレベルの気持ち悪さである。それなのに……。

オー、ジーザス！　やっぱり神様Dがバカすぎるせいとしか思えない。今日の私は光る汗まで気づけばうっとりと見つめている。

その様子を磯田さんが目ざとく見ていた。

「あの、谷原さん。私やっぱり気になるんです。ちょっと怒らないで、素直な気持ちで聞いてもらっていいですか？」

わざわざエクスキューズして語られたのは、やはり「店長が谷原さんに色目を使っている気がしてなりません」という憂鬱（ゆううつ）極まりない報告だ。

磯田さんには前にも同じことを言われたことがある。そのときは「あり得ない！」とはねつけ、なんとか納得させたけれど、今回はあの『人にやさしく』の替え歌バージョン、「僕が言ってやる！　谷原京子に言ってやる！」を受けたあとだ。

あの日、店長が声高に歌い上げた「ガンバレー！」は、いまでも私の耳の奥に焼きついて離れない。もう一つ、一緒にテレビを見ていた他のスタッフたちがギョッとした表情で少しずつ離れていったことも、私は鮮烈に覚えている。

磯田さんの言葉は、私を落ち込ませるのに充分すぎる力があった。それなのに、ため息を吐（つ）いた私に追い打ちをかけるように、磯田さんはさらに気重な言葉を口にした。

「谷原さんもなんかうっとりした目で店長見てるし」

「は？」

「だから怒らないでくださいよぅ」

「怒ってない！　私が何？」

「だからぁ、なんかちょっと変ですよ。気づくと店長見てますもん。しかも、以前のようなガルルって感じじゃなくて、なんて言うんだろう……。やっぱり『うっとり』っていう表現しかできない目で見てるんです」

この子は以前からそうだった。普段は負けん気の塊が服を着ているような女の子なのに、たまにこっちが強気に出るとぶりっ子のようにしなを作る。

「マジで殴るよ？」

「だってぇ」

「いや、だってじゃなくて――！」

再び声を荒らげそうになったとき、私は背後に視線を感じた。磯田さんの存在を忘れ、吸い寄せられるように振り返る。

見ていた。我らが山本猛店長が、テキパキと手だけを動かしながら、蠟人形のように感情の読み取れない瞳をこちらに向けている。

磯田さんが「ちょっと、もう何なの？　こわいんですけどぉ」と、どこぞのギャルのような声を上げる。

私は何も感じなかった。何を感じればいいのかわからないまま、ただ店長の目を見つめ返すことしかできなかった。

この日、店長が隙あらば私に話しかけてこようとしているのは明白だった。私の方はまだ自分の気持ちに整理がつけられず、話したい気持ちもなくはなかったが、意識して話しかけられるのを避け続けた。

そんな私のもとに、業務時間が終わる間際に来客があった。「たーにはーらさーん」と透き通った声で名前を呼んできたのは、かつての〈武蔵野書店〉のアルバイトスタッフ、木梨祐子さんだ。

現在は出版最大手の往来館の営業として働き、最近になってようやく一人で書店回りを任されるようになったと聞いている。それなのに、木梨さんのとなりには先輩社員が立っていた。

「ああ、山中さん。ごぶさたしています。どうしたんですか。めずらしいですね」

私は声を弾ませた。かつては「にっくき往来館」の象徴のような人であったけれど、彼の出版に対する熱い思い、とくに社内で書店の待遇改善を声高に訴えているという話を木梨さんから聞いて以来、私は一方的に同志のような思いを抱くようになった。

「いやぁ、しばらく武蔵野書店さんに顔を出していませんでしたからね。また谷原さんに叱られると思って顔を出しました」

「べつに私は山中さんを叱ったことなんてないですよ。そんなことより最近の往来館さんめちゃくちゃ調子いいですね。『俺たちのヒストリア』も『藁(わら)の神々はみな躍る』も本当によく売れてます」

「ありがとうございます。おかげさまでどちらもまた重版が決まりました」

「おお、すごい。うちにもちゃんと本回してくださいね」

私が声を弾ませた次の瞬間、不思議な沈黙が立ち込めた。山中さんと木梨さんはなぜか視線を交わらせ、どちらからともなくため息を漏らす。

まるで言いにくい報告をなすりつけ合っているようだった。唐突に舞い降りたただならぬ緊張感に、私も息をのむ。

結局、汚れ仕事を引き受けるようにして、先輩の山中さんが顔を上げた。

「実は、今年の冬頃にうちからある勝負作が出るんです」

「え？　ああ、なんか前に木梨さんもそんなこと言ってましたね」

「そのゲラをどこかのタイミングでまたお持ちいたしますので、谷原さん、読んで感想をいただけませんか？」

私は何度か言葉の意味を咀嚼した。何度頭の中で反芻(はんすう)してみても、二人の緊張の面持ちの意味がわからない。

「え、ええ……。それは喜んで読みますけど。どなたの作品なんですか？」

「大西賢也先生です」

「え？　ああ、それなら他の人からもちょっとだけ聞きました。なんかまた書店が舞台なんですよね？」

「そう聞いています」

「でも『早乙女今宵――』のシリーズではないって聞きましたけど」

「らしいですね。でも、大西先生の渾身の作品とうかがっています。この本を売るためならどんなことでもするっておっしゃってくれているようです」

「どんなことでも？　なんですか？」

「わかりません。担当編集者が言うには、顔出しでインタビューを受けてくれたりするんじゃないかって」

さすがに驚いた。覆面作家として有名な大西賢也は、これまで一度も表舞台に出てきたことがないはずだ。

わかっているのは「男性」ということくらいで、あとは年齢も、容姿も、究極的には実在するのかということだってわかっていない。

「それはちょっとすごいですね。そんなに出来がいいんですか？」

「いえ、私たちもまだ読ませてもらっていないので。ただ、私の同期の担当編集者はかなり興奮してました。勝負作だと社内中で公言しています」と、山中さんが口にしたところで、木梨さんが引き取った。

「ちなみに石川というずっと文芸にいる人間なんですけど、会社の中では山中とツートップで無愛想ということで知られています。その人がかなり前のめりで薦めてくるので、私たちとしても期待しているんですよ」

「石川が僕にあそこまで売ってほしいと頼んできたことはあまりないですからね。十数年つき合ってきて、これまで三冊だけです。『ソールド・アウト』に『永遠の風の中で』、それと『君が体操着でいる限り』の三冊です」

私は目を見張った。山中さんがさらりと挙げた三冊は、往来館のヒット作という枠だけに収まらない。それぞれまったくジャンルは違うものの、この十数年の日本文芸を代表する売り上げを誇った作品だ。

その三冊が往来館文庫に入っているのも知っている。発売時期は異なるものの、いまだに夏のフェアなどで売り上げ上位を争う作品たちだ。

それらがすべて一人の編集者によって生み出されたということに、私は驚きを禁じ得なかった。そしてその石川という編集者が「勝負作」と捉えている次の一作が、大西賢也の新作だというのである。

いつのまにか手のひらが汗でしめっていた。

「つまり、お二人はいまその大西先生の新作を広めようとしているわけですね？　一人でも多くの書店員に読ませようと」

私と往来館の二人の間に、またしても意味不明の静寂が立ち込める。今度の沈黙は、先ほどよりも深度が増していた。

「いえ、それがそういうわけじゃないんです」と、あらためて山中さんが代表するように肩をすくめる。

「大西先生からのご指名なんです」

「指名？　どういうことですか？　〈武蔵野書店〉にということですか？」

「いえ、〈武蔵野書店〉吉祥寺本店の谷原京子さんにとハッキリと指名されたそうです」

「は？　何それ」と、本当に意味がわからず、私は素っ頓狂（すっとんきょう）な声を上げてしまう。

山中さんがやりづらそうに鼻に触れた。

「谷原さん、やっぱり面識なんてないですよね？」

「大西先生と？　ないですよ。あるわけないじゃないですか。そもそも私はそんなに熱心な読者でさえないですし、こんなにたくさん本が出ていて、読んだことあるのなんて『早乙女今宵――』を除いたら『幌馬車に吹く風』と初期の数作だけですよ。面識なんて――」

山中さんと木梨さんが弱ったように見つめ合う。お手上げというふうなジェスチャーをした山中さんを受けて、木梨さんがうなずいた。

「私たちも不思議だったんです。これまで大西賢也先生から書店員さんに対するゲラ読みの指名なんかなかったのに、今回はじめて石川を通じて頼まれました。先生にとって勝負作であるのは間違いないでしょうし、そこまではべつに不思議じゃないんですけど、リストを渡された七人の書店員さんが問題で」

「問題？　何？」

「大昔……、それこそ『幌馬車に吹く風』でデビューされる前に、原稿を読んで猛烈に後押ししてくれた何人かの書店員さんと大西先生は会っているそうなんです」

「へぇ、そうなんだ。人前に出てきたことがあるんだね」

「ええ。当時はいまみたいにネットなんてなかったですから、変にウワサが広まることもなかったんでしょうね。大西先生を心から応援していた人たちでしょうし、秘密を守るのもそんなに難しいことではなかったんでしょう」

「そうなんだ。イルミナティみたいでカッコいい」

「今回、大西先生のリストに挙がってきた七人のうち六人が、そのときの書店員さんだと聞いています」

「ふーん、そう」と、間の抜けた声を上げた直後、脳みそがぐにゃんとひっくり返るような感覚に襲われた。

「え、いや、ちょっと待ってよ。じゃあ何？　そのとき会ってない書店員で指名されたのは私だけってこと？」

さらに困惑の表情を浮かべる木梨さんに助太刀するように、再び山中さんが口を開く。

「それどころか、いま現場にいらっしゃる書店員さんは谷原さんだけなんです」

「は、はぁ？　なんで？　どういうこと？　っていうか、その石川さんっていう人はどう言ってるんですか？」

「基本的に変わり者なので、あまり興味がないみたいです。私もヤツに同じことを聞いたんですけど、『なんかのコメントを見ていいと思ったんじゃないか』と言っていました」

私はその可能性に思いを馳せた。一瞬の間もなく、そんなこと絶対ないと首を振った。私より目立っている書店員なんてごまんといる。もっと鋭いコメントを書く人も、売り上げに直結する立場の人もたくさんいる。何が悲しくてこんな零細書店の、吹けば飛ぶような契約社員のコメントを欲しがるというのだろう。

「あり得ません」

「私もそう思います」と、山中さんは同調するフリをしてずいぶん失礼なことを言い放ったが、そんなことは気にならない。

「ちなみに他の六人ってどなたですか？」

その質問に、木梨さんが「六名のうち四名はまだ書店業界にはいらっしゃいます」と手帳を開いて、当然のように大規模書店の社長だ専務だという人の名前を挙げて、さらに私の頭をクラクラさせた。

「他の二人は？」

すでに瀕死状態であったけれど、私はかすれる声を絞り出す。木梨さんは手帳に目を落としたまま、これまでで一番大きな息を吐いた。

「それが本当に残念なんですが、残りのお二方は業界から離れていて、どこにいるかもわからないんです。たとえ出版の世界にいなかったとしてもなんとか見つけ出してほしいと石川から伝えられたのですが、なかなか難しくて。お一人は大阪の〈天鳳寺書房〉の笹原さんという方で、結婚していまは海外に行かれているようですし、もうお一方に至っては書店そのものがなくなってしまっていて――」

そう力なくつぶやいて、木梨さんが最後の一人の名前を挙げたとき、私は衝撃を受けすぎて絶句した。

「以前、神保町に〈モニカ書店〉という小さなお店があったそうなんですよ。そこにいた藤井美也子さんという当時の店員を探してほしいと石川から言われています。大西先生が一番会いたがっている方らしいんですけど」

ちょっとしたミステリー小説のように、すべての点が一つの線でつながった気がした。だとしたら、どのように藤井美也子から大西賢也に谷原京子の存在が伝えられたのかという大きな疑問は残っているが、大西賢也と谷原京子を結んだのは、藤井美也子しか考えられない。

昨夜、トイレから戻った「神様D」に私は尋ねた。ずっと昔、神保町の小さな書店で働いてなかったか。そこで絵本を担当してなかったか。まだ幼稚園生くらいの女の子に、絵本を薦めた覚えはないか……。

マダムは驚いた素振りを見せなかった。「やっぱりそうか」と腑に落ちたようにつぶやき、こんなことを口にした。

「正直、京子ちゃんと話していても何も気づかなかったんだけどね。この店に来て驚いた。お父さんの顔はハッキリと覚えている」

マダムはサラリーマンの常連さんとバカ話をしている親父を見つめて、私の耳もとでささやいた。

「もう時効だから言うとね。あの頃、本気で口説かれたことがあったんだよね。あなたと手をつないでいたお父さんから、今度食事でもどうですかって。子連れでナンパされるっていうはじめての経験だったから、すごく印象に残っている」

まだお母さんが生きていた頃なのに、ホントにこのエロ親父！　という気持ちは不思議なくらい湧かなかった。

ただ、イタズラっぽく微笑(ほほえ)む「神様D」こと「マダム」こと藤井美也子さんが最高にチャーミングで、私は場違いにもその横顔に見惚(みと)れてしまった。

コンビニで夕飯を買い、四面の壁の三面を本で覆われた四畳半のアパートに戻ったが、悶々(もんもん)とした気持ちは消えなかった。

昨日の今日で厳しいだろうという思いはあったが、どうやって再び大西賢也とつながり、私を紹介したのか、どうしても本人にたしかめたかった。

ダメ元でマダムにメールを送ってみると、意外にも返信は早かった。

『良かった。実は私も京子ちゃんに言い残したことがあったんだよね。少し行くの遅くなっちゃうと思うんだけど、また〈美晴〉でもいいかな。京子ちゃんオススメのメンチカツを昨日は食べ損ねちゃったから』

たぶん二十二時は過ぎると思う。そんな連絡を受け、しばらく自宅で本を開いていたが、内容が頭に入ってこない。

私は積ん読してあった大西賢也の一冊を本の山から抜き取って、少し早かったが二十時過ぎにアパートを出た。

どうせ空いているだろうと思い、親父に連絡しなかったことが裏目に出た。稼ぎ時というのにお客さんは一人しかおらず、そこは見事に想像通りだったけれど、その一人が完全に想定外だった。

例によって徳利とおちょことエイヒレだけをカウンターに並べて、店長が一人で深刻そうな表情を浮かべて座っている。

「ああ、谷原京子さん。いらっしゃいましたか」

まるで私が来ることを予期していたかのように、店長はこくりとうなずいた。胸の奥底を例によって何かが叩く。そういえば今日一日この人を避けていたのだということを、このタイミングで思い出す。

「どうもおつかれさまです」とぶっきらぼうに口にして、私はどの席に腰を下ろそうかと思案した。本当は離れたところに座りたかったが、これだけがらんとした店でとなりに座らないわけにはいかない。ため息を強引に抑え込んで、私は店長の横に腰を下ろす。一人で気詰まりしていたのだろう。親父の顔が安堵したように綻ぶのを見逃さなかった。

店ではあれだけ話したそうにしていたくせに、どういうつもりか、店長は口を真一文字に結んでいる。小料理屋ではそうしていないといけないとでもいうふうに、クールな仕草を見せつけてくる。

そして腹の立つことに、そんなバカバカしい姿にさえ私の胸は高鳴ってしまうのだ。やっぱりマダムがバカなことを言ったせいだ。初恋に落ちた中学生のような自分が許せなくて、私は親父からおちょこをもらった。あいかわらず全然減っていない店長の酒を勝手に注いで、一息でぐいっとあおる。

徳利がちょうど一本空になったとき、数時間にも、数十時間にも感じられた長い沈黙を切り裂いて、店長はようやく口を開いた。

「谷原京子さんに伝えなければいけないことがあります。ずっとお伝えしたいと思っていました。こんな場所では失礼かもしれませんが、まぁ店よりはマシでしょう」

私は内心叫び声を上げる。これからきっとされるであろう話を聞いて、どんな反応をすればいいかわからない。

店長のただならぬ雰囲気を悟ったのだろう。親父もギョッとしたように目を見張った。店長に親父を気にする様子は見られない。それはそうだ。少しでも気になるのなら「こんな場所では失礼」などと失礼この上ないことを口にできるはずがない。

店長はなみなみ注がれたままのおちょこをカウンターに置いた。親父は無言でその場を離れる。私も一緒に逃げたかったが、もう知るものか！　と開き直る気持ちもどこかにあった。

店長は私を上目遣いに見つめ、いつもの穏やかな笑みを口もとに浮かべた。

「どうやら私、近く異動になるみたいなんです」

「え……？」という声が漏れたとき、胸に得体のしれないモヤモヤとした思いが広がった。

それが「失望」であると気づくのに、そう時間はかからなかった。店長は私の気持ちを悟ることなく、飄々（ひょうひょう）と言葉を継いでいく。

「先日、弊社の社長からそれらしいことを伝えられました」

「そうですか」

「みなさんのおかげでここのところ店の調子は良かったですからね。近い将来、そういうこともあるのだろうと思っていたのですが」

「次はどこに？」

「おそらく本社の仕入れか、社長秘書室ではないかと思います」

私はそれを意外に思った。例ののど自慢での店長の暴挙に、大会の幹事を務めていた社長が怒り心頭だというウワサを聞いていたからだ。

私が見る以上に、社長と店長の師弟愛は強固ということなのだろう。

「そうですか。ご栄転ですね。おめでとうございます」

私はいまにも支配されそうなさびしさを懸命に押し殺した。店長はかぶりを振る。

「めでたくなんてないですよ。ご存じとは思いますが、私はずっと現場に立っていたい人間なんです。出世なんて興味ありません。たとえ本店じゃなかったとしても、店長という肩書きだっていらないんです。平社員に戻ったとしても、私は店頭に立っていたい」

そう嘆く声がどこか弾んで聞こえた。何も答えられなかった私の言葉を待たず、店長はやっぱり嬉しそうに続ける。

「もちろん、だからといってしがないサラリーマンですからね。会社に命令されるのなら、従うしかありません。ですが、黙って異動するつもりはありませんよ。会社にこちらから一つ条件を突きつけてやるつもりです」

「条件？　なんですか？」と、私はさして興味のないまま尋ねた。よくぞ聞いてくれたというふうに、店長は痩せぎすな胸を凛（りん）と張る。

「あなたを〈武蔵野書店〉の正社員にすることですよ、谷原京子さん。この業界に必要なあなたをきちんと会社に評価させることです。それが、私が何よりも愛している現場を離れるたった一つの条件です」

それでも尚(なお)、私の心は震えなかった。店長の気持ちを信じなかったわけじゃないけれど、いま聞きたい言葉はそれじゃない。

私の深いため息を最後に、店に静けさが立ち込める。無言の時間が数分続くと、それを待っていたかのように親父が奥の部屋から戻ってきて、ほどなくして久しぶりの顔が〈美晴〉の暖簾をくぐった。

最初に気づいたのは親父だった。

「ああ、毎度。ごぶさたですね」

愛想のいい親父の声に釣られ、私も入り口の戸に目を向ける。立っていたのは、常連の石野恵奈子さんだ。私も会うのは久しぶりだが、咄嗟(とっさ)に声をかけられなかった。数ヶ月ぶりに目にする石野さんの顔がひどくやつれ、殺気立って見えたからだ。

実際に石野さんの様子はおかしかった。メイクは口紅程度で、髪の毛はボサボサ、Tシャツにワイドパンツという格好もいつになくシンプルだったし、驚くほど小汚いスニーカーを履いている。

何よりも目が血走り、命がけの戦いから帰ってきたかのように瞳孔(どうこう)が開かれた表情に、私は何を感じればいいか判断できなかった。

石野さんは我に返ったように目を瞬かせると、店長、そして私という順に視線を移していって、ようやく安心したように身体を揺すった。

「ああ、みなさんお揃いで。お久しぶり」

そんな言葉を口にしながらも、石野さんは離れた席に一人で座った。入り口の戸近くから店長と私、そして席を三つ挟んで石野さんという形になって、店内は先ほどとは質の違った緊張感に包まれる。

店長は手に持ったおちょこをじっと見ている。石野さんはジョッキでビールを注文すると、乾杯しようともせずに一息にあおった。

両サイドのただならぬ雰囲気に、息が詰まりそうだった。私と親父は何度目を見合わせたかわからない。

しかし、店長は泰然自若というふうにおかしな空気を悟ろうとしない。

「谷原京子さんを正社員にすることが私の一つの務めです」

さっきと同じことを繰り返す店長に、久しぶりにイラッとした。

「ああ、そうですか。それはありがとうございます」

「あなたはこの業界の宝ですから」

「そうなんですね」

「もちろん、私もこのまま静かに現場を離れようとは思ってませんよ」

「あの、すみません。だから店長――」

「大きな花火を打ち上げてから去るつもりです」

少年のように目を輝かせる店長のとなりで、私は天井を仰いだ。どうして当たり前のように話の続きをしているのだろう。前にもここで石野さんと会っているはずなのに、挨拶もせずにいられるのか。

石野さんも石野さんだ。いつか「テレサ・テン」の話を聞かせたとき、カウンターをバンバン叩いて「店長のファンになっちゃった」と大声で叫んでいたくせに、久しぶりに会っても顔を見ようともしないじゃないか。

一人で気を揉んでいるのが途端にバカらしくなった。おかげで店長への淡い思いもするすると消えていく。そうだ、うん。これでいい。谷原京子はこれでいいのだ。一瞬でも店長に心を持っていかれそうだった自分を、いつか私は恥じればいい。

「大きな花火ってなんですか？」

親父におかわりをもらって、私の酒は一気に進んだ。ああ、くだらない。ああ、バカバカしい……と、心の中で何度も唱える。

店長もついにおちょこに口をつけた。でも、舐める程度でのんではいない。なみなみ注がれた日本酒がかすかに波打つくらいだ。

なのに店長は「ふぅー」と大きな息を吐いて、直前までより大きな声を張った。

「サイン会ですよ。もう一度企画してみませんか？」

「サイン会？」

「ええ。大西賢也先生のサイン会を〈武蔵野書店〉で開催するんです。以前、申し込んで断られたじゃないですか。今度こそ実現に向けて動きたいと思うんです」

「すごいですね。新刊の情報をちゃんとつかんでるんですね」と、私は素直に感心する。店長は怪訝(けげん)そうに眉(まゆ)をひそめた。

「大西先生、新刊を出すんですか？」

「知らなかったんですか？」

「知りませんよ。聞いてないですから。いつです？」

「さぁ？　年内にはって小耳に挟みましたけど」

「そうかぁ。間に合うかな」

「間に合うって、何に？　『本屋さん大賞』の期間とか？」

「は？　なんですか、それ。私が異動するまでに決まってるじゃないですか」

何をバカなことを言っているのかという顔をして、店長はスーツの内ポケットから手帳を取り出した。そこに『大西先生、サイン会』と書き記す。

私の苛立(いらだ)ちはついに怒りに形を変えた。声の震えを必死に抑え、私は店長に問いかける。こいつ、まさかまだ知らないとか言うんじゃないだろうな？　そう胸の中で叫びながら。

「店長、一つだけうかがってもいいですか？」

「私と谷原京子さんの仲じゃないですか。いくつでも聞いてくださいよ」

「いえ、一つで結構です。ちょっと覚悟を持って質問しますけど、店長、大西賢也先生が人前に姿を見せていないって知っていますか？」

「え？　何？　どういう意味ですか」

「覆面作家なんですよ。厳密にはデビュー前に一度だけ何人かの書店員に顔をさらしたことがあるらしいのですが、それだけです。以降は文学賞の授賞式にも出ていないそうですし、インタビューなどもすべて書面でしか受けていないということです」

「そうなんですか。あ、そうか。だから『早乙女今宵――』の主人公、榎本小夜子は……」などとドラマのセリフのように独りごちて、店長は嬉しそうに目を細めた。

「でも、そんなことたいして問題ないんじゃないですか？」

「問題ない？　どうして？」

「どうしてって、だって谷原さんは――」

店長が何かを言いかけたとき、店の戸がカラカラと音を立てた。その瞬間まで、私はすっかり忘れていた。そうだった。今日ここに来た理由はマダムに会うためだったのだ。

昨日、あれだけ囃（はや）し立てられた以上、店長といる場面を見られるのは痛かった。しかし、当然すぐに茶化してくるだろうと思っていたマダムは、なぜか戸の前に立ちすくみ、あんぐりと口を開いている……などと思っていたら、今度は突然泣き出した！

笑顔で戸を開いたマダムが何を見て泣き出したのかわからない。親父が、石野さんが、店長までもがギョッとした表情を浮かべている。私も似たような顔をしているに違いない。しまいにはマダムはしゃがみ込み、顔を覆って泣き声を上げた。

あまりにも意味不明の涙だった。亡くなった母の名から採った愛する〈美晴〉に、いつまでもマダムのしくしくという声だけが響いていた。

最終話　結局、私がバカすぎて

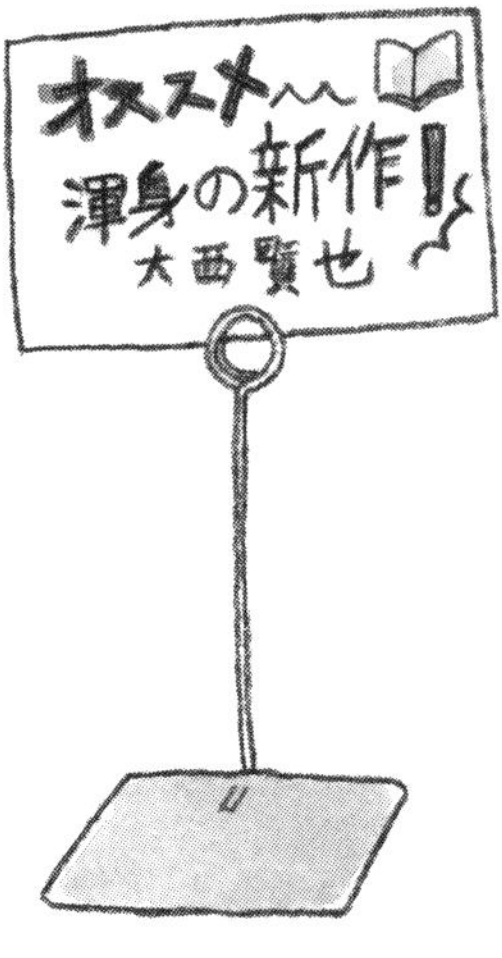

真夏の〈美晴〉の夜の夢――。結果的に幾多の奇跡が折り重なっていたあの夜は、もう遠い昔のことだ。

あの日、〈武蔵野書店〉吉祥寺本店のお客様であるマダムは、私の実家の〈美晴〉の暖簾をくぐった瞬間、大粒の涙をこぼし始めた。

板場で包丁を握っていた親父は難しそうな表情を浮かべ、店の常連の石野恵奈子さんは小さく首を横に振り、となりにいた店長は怪訝そうに口をすぼめた。

結局、あの夜マダムは何も言わずに店を出ていった。店長も「今日はちょっと仕切り直した方が良さそうですね」と言い残して席を立ち、石野さんまで二人のあとを追うように静かに店を去っていった。

二人きりで取り残された〈美晴〉で、親父は私をじっと見つめていた。「何……？　いまのって何なわけ？」という私の質問に、親父は我に返ったように目を瞬かせて、「みんな大人だからな。いろいろ事情があるんだろう」などと煙に巻くようなことを言った。

本当にワケのわからない夜だった。マダムからは翌日に『昨日は体調不良でごめんなさい』というメールをもらったきりで、石野さんの姿はあれからいっさい見ていない。親父もどことなく元気がない中で、店長だけは一人何も変化がなかった。

店での日常は何も変わらず、淡々と過ぎていった。この日の朝礼でもひたすら長い話が続いていた。

「私は諦めるということが大嫌いです。たとえば自分は所詮一介の書店員だから、たとえば一介の契約社員だから。そう勝手に諦めてしまっていませんか？　私はそれが許せません。たとえばの話をします。たとえば我々がある小説家のサイン会を企画しようとして、たとえばその小説家が覆面作家だったとしたら、みなさんはサイン会自体を諦めてしまいますか？　作家がひょっとしたらうちの店でサイン会を開きたいと思っているかもしれないのに、その可能性を考えようともせずに、一方的に諦めてしまうのでしょうか？　それでいったい何が生まれるというのでしょう？」

たとえすぎだよ、うるさいな……と、私は小さなため息を吐いた。仮にその覆面作家を大西賢也先生と当てはめたら、本を出せば売れてしまう文壇トップの小説家が、何が悲しくてこんな零細書店でサイン会などしたがるというのだろう。事の次第を知っている私でさえ半分は意味不明の内容なのだ。他のスタッフにしてみれば何もかも意味不明の話に違いない。

例によって店内に渦巻く「早く終われ」の怨嗟、怨嗟、怨嗟……。もちろん、それを敏感に悟れる店長ではない。

いつにも増して軽薄な口はぺらぺら回るし、どういうわけか今朝は私を狙い撃ちだ。話の内容もさることながら、なぜか私から視線を逸らそうとしない。瞬きさえほとんどしない機械のように乾いた瞳に、私は不気味さすら感じていた。

それなのに、しばらくして店内に巻き起こったのは「おい、谷原京子！　お前もいい加減にしろ！」というあまりに理不尽な憤懣だった。敏感に悟りすぎる自分が憎い。

店長にそんな私の気持ちは届かない。

「聞いてるんですか、谷原京子さん」という憎々しげな声が、どこか遠くで漂った。となりにいた磯田さんが「ちょっと谷原さん」と肘で突いてきて、私は我に返ったが、小声で続けた磯田さんの言葉が最悪だった。

「もう、痴話ゲンカは家でしてきてくださいよ。なんでわざわざこんな忙しい時間に。いい加減ホントに迷惑」

全身の血がめらりと揺れた。血が揺れるという現象も「めらり」という表現もこの世に存在しないことは知っているが、そうとしか言えない何かが体内で起こった。

「谷原京子さん？」と、店長が悪びれもせず言ってくる。

「は？　何？」

「何って……。だからあなたは私の話を聞いてるのか尋ねているんです。あなたのせいでみんなが迷惑してるんですよ。責任感を持っていただかないと困ります」

頭の中でプチンという音が鳴った。私の記憶に残っているのはここまでだ。次に意識が引き戻されたとき、私は数人のスタッフに羽交い締めにされていた。育ちのいい小野寺さんは号泣していて、最近入ったばかりのバイトの男の子は「わかりましたから、谷原さん。気持ちはわかりましたから」と連呼していた。

あとになって磯田さんが教えてくれた。

「なんかもう目とかひんむいちゃってるし。ひんむくどころかもうほとんど白目だったし。店長に突っ込んでいったと思ったら、指を二本立てて、本気で両目をつぶそうとしたんです。よく見たらなんか半笑いだし、小さな声で『もう辞めてやる、もう辞めてやる』って連呼してるし。私ホントにこわくて……。だから、あの、谷原さん。私たち疑っててすみませんでした。谷原さんと店長の間に何もないってよくわかりましたから」

やっぱり疑ってやがったのかよとか、私たちって誰(だれ)だよとか、いろいろな憤りが胸の中を駆け巡ったが、白目をむいて「もう辞めてやる」と繰り返しながら、店長の両目をつぶそうとしている自分の画(え)があまりにも不気味で、何も言うことができなかった。

その日、〈武蔵野書店〉吉祥寺本店で私に話しかけてくる人間はいなかった。ただ一人を除いては。

むろん店長である。驚いたことに……とさえ思わない。昼食時、店長は数時間前に両目をつぶされそうになったことなどなかったように、平然と言ってきた。

「すっかり忘れていました。谷原京子さん、今日往来館の営業さん二人があなたを訪ねてきます。私も立ち会うつもりでいたのですが、すみません。おそらく例の一件で弊社の社長に呼び出されておりまして」

「例の一件？」

「もちろん、私の人事です。なので、申し訳ありませんがお二人のご対応よろしくお願いいたします」

磯田さんに促され、本当は朝のことを謝罪するつもりでいた。だけど、まったく興味がないことをわざわざ小声で伝えてくる店長に心底イライラして、そんな気持ちは消え失せた。

「くれぐれもよろしくお願いいたします。今日はお互いに勝負の一日ですね」

数時間後、往来館の二人は私が上がる時間を見計らっていたようにやって来た。二人とも顔がひどく強ばっている。

いつものようにレジ横で対応しようとした私に、木梨さんが申し訳なさそうに言ってきた。

「谷原さん、本当に申し訳ありません。今日このあとお時間ってありませんか？」

「時間？　なんで？」

「できればお店でない場所でお話しさせていただきたいんです」

顔を向けると、先輩社員の山中さんも深刻そうに頭を垂れた。こんな頼み事、かつてされた覚えはない。

「わかった。じゃあ、二人で先に行っててもらえる？　あとで私も向かうから」と、私は行きつけの喫茶店の場所を教えて、不安を抱きながら残りの仕事をなんとかこなした。

果たして三十分後、私は本を読むときに足を運ぶ〈イザベル〉に向かった。二人に会う前に化粧を直そうと思ったけれど、ポーチを職場に忘れてきたことに気づく。

取りに戻るか迷ったのは一瞬だけで、まぁ、いいやと顔を出すと、二人は首尾良く一番読書に集中できる壁際のテーブルを確保していた。

先に私を確認した木梨さんが立ち上がり、山中さんもあとに続いた。二人はそろって深々と頭を下げてくる。いくらなんでもよそよそしすぎて、私の緊張は高まった。

「ちょっと勘弁してくださいよ。さっきから二人とも変ですよ」

あえて砕けた調子で笑ってみせても、二人の表情は硬いままだ。

「谷原さん、本日はわざわざお時間をいただきありがとうございます」という木梨さんの声は怯えたように震え、その木梨さんを見守る山中さんも弱々しく息を漏らす。

「お店で話せなかった理由は他でもありません。今日は谷原さんに例のゲラをお持ちしたんです」

毅然とした山中さんの言葉に、強ばっていた心が少し緩んだ。ここに来るまでに、いろいろな想像を巡らせた。よほどのミスを犯されたか、さもなければよほどの無理難題を押しつけられると思っていたので、不意に出てきた「ゲラ」というワードに拍子抜けする思いがしたのだ。

しかし、そうなるとあらたな疑問が湧いてくる。引きつった二人の表情だ。以前「近くゲラを届ける」と伝えられたときも緊張した面持ちを浮かべていたが、今日の雰囲気はあのときの比ではない。

「すみません。モノがモノなのでお店でお渡しするわけにはいきませんでした。どうぞお納めください」

山中さんは中に悪いモノでも入っているかのように、慎重に〈往来館〉のネーム入りの封筒をテーブルに置いた。

私は当然の質問をする。

「なんで二人ともそんなに仰々しいんですか？」

「べつにそんなことは」

「これ、例の大西賢也先生の新作ですよね？」

「そうです」

「二人とももう読んだんですか？」

「はい。読ませてもらいました」と、木梨さんが話に割って入った。前回はまだ読んでいないと言っていた。それが二人の緊張の理由だろうか。

そんなことを思いながら、封筒の中身を取り出そうとした。その私の腕を、山中さんが思わずというふうにつかみ取った。

「あ、すみません。痛かったですか」と、山中さんは自分でも驚いたように口にしながら、なぜかつかんだ腕は放そうとしない。

そして私の返事を待つわけでもなく、早口で続ける。

「おそらく、これを読んだら谷原さんはショックを受けると思います。いえ、ショックを受けるかどうかも正直なところ我々にはわかりません。ただ、ポジティブなものであったとしても、ネガティブなものであったとしても、それらすべてを汲んだ上で、ご感想をいただけませんでしょうか。谷原さんの許可さえ得られるなら、もうそれをそのまま帯文に使用させていただきたいと担当の石川は申しております」

「帯？」

「ええ」

「いや、なんで私が」

「読んでいただければわかります」

「でも――」

「読んでください。私たちも谷口さんの感想が知りたいんです」と、木梨さんが山中さんを助太刀するように声を上げる。

よほど興奮しているのだろう。まるで店長のように木梨さんは私の名前を呼び間違えた。わざわざ指摘しようとは思わなかったし、あいかわらず二人の態度の意味はさっぱりだが、もう私は考えるのをやめた。

ここ最近の、すべての疑問の答えがこの封筒に入っている。それは私の全モヤモヤを吹き飛ばす何かであるはずだ。そんな確信が胸を射抜く。

「わかりました。いつまでに読めばいいでしょう？」

ようやく山中さんは手を放してくれた。

「なるべく早くだと助かります。我々は本気で『本屋さん大賞』を狙っています。かなりギリギリになってしまうのですが、発売は十月下旬を考えています」

「だったら今月末までには感想をお伝えした方がいいですよね」

「お忙しいところ申し訳ありません」

「わかりました。とりあえず読ませていただきます。でも、まだ感想を出すとはお約束できません。私レベルの書店員だとしても、感想にウソは吐きたくありませんから」

木梨さんが当然だというふうにうなずいた。

「承知しています。書店員だった頃の私は、谷原さんのそういうところをずっと信頼していたので。ただ、版元（はんもと）の営業としての私は、なんとか谷原さんにコメントをいただきたいと思っています」

木梨さんがうやうやしく頭を下げるのを見つめたあと、私はあらためてテーブルの封筒に目を落とした。

山中さんが立ち上がりながら口を開く。

「では、我々はこれで失礼します。谷原さんはどうしますか？」

「私は次の用事まで少し時間があるので、もうちょっとここにいます」

「わかりました。では、おかわりの分も含めて会計しておきますね。メロンソーダでよろしいですか？」

「あ、だったら黒豆ココアをお願いします」と口にしたときには、私は導入部くらい読んでみようと決めていた。

木梨さんが祈るように私を見つめる。『鬼気迫る』と辞書で引いたら出てきそうな顔に、逆に私の緊張感はするりと解けた。

「今日、このあと小柳さんとご飯食べることになってるの」

「え？」

「前にうちの店にいた小柳真理さん。木梨さん、少しかぶってるよね？」

「あ、はい。もちろん。そうなんですね。私も久しぶりに会いたいです。くれぐれもよろしくお伝えください」

最後まで慇懃に礼をして去っていった二人と入れ替わるように、山中さんが注文してくれた黒豆ココアが届いた。

甘すぎない生クリームがたっぷり載ったそれを一口だけ舐めて、私は覚悟を決めて封筒を手に取った。

すべての秘密がここにある——。

どうやら最近の私は意識が飛ぶ傾向にあるらしい。いや、物語の内容の記憶や疑問はいくつもあるのだ。でも、次に意識が現実の、いまいる〈イザベル〉につながったときには、たくさんいたはずのお客さんがいなかった。ざわめきも、BGMも消えている。ひっそりと静まり返った喫茶店で、私はまったく減っていない黒豆ココアをごくごく飲んだ。

案の定ぬるく、ねっとりと甘い飲み物が全身に染み渡っていく。顔見知りの店主がこちらを見ていた。呆然とする私に微笑みかけ、右手の親指で涙を拭う仕草をする。

それを見て、私はようやく自分が泣いていることに気がついた。決して泣くような物語ではない。大西賢也先生の新作はどちらかというとコメディタッチで、声に出して笑った記憶も残っている。でも……。

「それ、そんなに良かった？」と、店主が冷たいお水を持ってきてくれた。お礼もそこそこに一息にそれを飲んで、私は店主に頭を下げる。

「あの、ごめんなさい。もう閉店時間過ぎてますよね」

「うん。一時間半もね」

「そんなに？　どうして声かけてくれなかったんですか」

「だってすごく集中して読んでるんだもん。難しそうな顔をしてると思ったら、いきなり大笑いしたりしてさ。かと思ったら今度は泣き出して。他のお客さんもみんな不気味そうにしてたんだからね」

「それは……ホントにごめんなさい。申し訳ないです。あの、いまって何時ですか？」

「もう九時半」

「そうですか。そんなに遅く……」と答えたところで、私はようやく二十時に小柳さんと待ち合わせしていたことを思い出した。

案の定、スマホには小柳さんからの山のような不在着信が残っている。当然サイレントモードになっているものと思っていたが、店主が「携帯もずっと鳴ってたよ」などと暢気（のんき）な声で教えてくれた。

店主にひたすら謝罪しながら、私は大あわてでテーブルを片づけた。最後に残ったゲラを〈往来館〉のネーム入り封筒に戻し、バッグにしまおうとしたところで、店主が引き留めるように尋ねてきた。

「ねぇ、それってなんの本？　そんなにおもしろいの？　まだ世の中には出てないの？　いつか出るやつ？　あんなに笑ったり、泣いたりしてるんだもん。僕も読んでみたいからタイトルだけでも教えてよ」

私は封筒を凝視して、沈黙した。これを公表していいものか、瞬時に判断できなかった。

そもそもこれがおもしろいのか、つまらないのかも、いまの私にはジャッジできない。ジャッジはできないけれど、一人でも多くの人に読んでもらいたい。なぜなら、これは私自身の物語だからだ。決してキラキラしていないけれど、なんとか幸せになりたいと毎日を必死にもがいて生きている私たちの物語——。

そんなふうに思ったところで、やっと腑に落ちた。そうなのだ。私がこんなふうに日々の理不尽に耐えられるのは、当たり前だけど幸せになりたいからだ。好きな本たちに囲まれ、好きな物語を好きな作家から受け取って、愛すべきお客様のもとへ大切にお届けする。

その単純作業がなかなかうまくいかず、イライラすることばかりだけれど、その根底はこの仕事を始めたときから変わっていない。

願わくば、もう少しだけ対価をいただけるとありがたいが、この本にはそこに対する提案もちゃんとある。というか、その点に多くのページが割かれていて、きっとそれが涙の理由だ。理解してくれる誰かがいるということは、こんなに心強く感じるのか。

毎日を楽しく、笑って生きていたい。ただ幸せに生きていたい。たとえいまが泥のような毎日だとしても、いつかキラキラしたいのだ！　その大命題の前には、本が出ることを公表していいかどうかなどあまりに些末な問題だ。

ゆっくりと顔を上げて、私は迷いを断ち切るように声を張った。

「『店長がバカ過ぎる』——」

店の静けさが深度を増す。

「は、はぁ？　店長？　何が？　僕のこと？」と素っ頓狂な声を上げる店主に、私は封筒をバッグにしまい、立ち上がりながら満面に笑みを浮かべてみせた。

「吉祥寺の小さな書店が舞台で、谷口香子という名前のとんでもなくパッとしない女の子が主人公の、びっくりするくらい泥臭い物語です。でも、間違いなく大西賢也先生の新境地。十月下旬に往来館から発売されますので、ご購入の際は是非〈武蔵野書店〉にお越しください。そのときは何かしらの特典をつけられると思います！」

それはそうだ。これだけ情報を提供してやったのだから。心の中でそう唱えながら、最後に店主に礼を言って、私は足早に〈イザベル〉をあとにした。


何度かけても、小柳さんは電話に出てくれなかった。仕方がないので『すぐに行くからそこで待っててください！　もし帰ってるなら戻ってきて！』と、ひどく図々しいメッセージを送りつけて、待ち合わせしていたレストランへと急いだ。

幸運にも、小柳さんは一人で本を開いてのんでいた。目も当てられないような仏頂面ではあったけれど、今日だけはいてくれたことに意味がある。

「小柳さん！」

私は抱きつこうかという勢いで小柳さんのとなりの席に腰を下ろした。謝罪もそこそこに一気にまくし立てたのは、もちろん大西賢也先生の最新作『店長がバカ過ぎる』についてだ。

一行目から衝撃だった。

『いつも通りの長い長い店長の話に、いつもよりはるかに苛立っているのに気がついて、私は生理が近いことを思い出した。』

比喩としてではなく、これは自分の物語だ。そう思ってからは無我夢中だった。全五章立てで描かれるのは、才能がありながら増長し、しかし謙虚さを取り戻していく若い小説家の苦悩。ワンマンとして恐れられながら、どこか憎めない書店経営者の哀愁。ガリバー出版社の営業として働き始めた新卒社員の奮闘。一癖も二癖もありながら、書店という場所とは切っても切り離すことのできないお客さんたちの愛嬌。そして、それらの物語を一本の縦軸で貫く「店長」と「私」への賛歌……。

すごいんです、すごいんです、すごいんです……と、合間、合間に何度もはさんで説明する私を、小柳さんは最後まで気味悪そうに見つめていた。

そしてすべての話をし終えたあと、小柳さんの口から出てきた至極まっとうな質問に、私は目が覚める思いがした。

「いやいや、ちょっと待ってよ。つまり大西賢也って誰なの？　あんた知り合いだったわけ？」

私たちの視線はしばらく絡み合っていた。直前まで引きずっていた笑みが、ゆっくりと消えていくのが自分でもわかる。

たしかにそうだ。なぜそこに思いが至らなかったのだろう。間違いなく、「谷口香子（きょうこ）」は谷原京子だ。これは私がモデルの小説だ。私自身が書いているのではないかと錯覚するほど、実際に起きたエピソードのみならず、日々の苛立ちや心象風景まで見事に捉（とら）えられている。

でも、私はそんな取材を受けていない。だとしたら、たしかに誰だ？　私の近くにいる人なのは間違いない。そして私は友だちがほとんどいない。店のことを明かす相手となると、もう片手の指で足りるくらいしかいなくなる。

「ちょっと待ちなさいよ。あんた、大西賢也が誰かわかってないの？　あの人ってたしか覆面作家だったよね？」

究極的にはそう口にする小柳さんが大西賢也先生だったとしてもおかしくないのだ。

「最近、立て続けにおかしなことがあったんです」

しばらく逡巡（しゅんじゅん）したあと、私は絞り出すように切り出した。

「おかしなこと？」

「まず、この本のゲラです。大西先生から七人の書店員に送ってほしいっていう指定があったらしいんですけど、私以外の六人はどっかの社長とか、取締役とか、大ベテランっていう人ばっかりだったんです」

小柳さんの眉間（みけん）に敏感にシワが寄る。

「でも、それはそうでしょう。他の六人のことは知らないけど、内容を聞く限りこれ完全にあんたがモチーフになってるもんね。あんたに読ませないわけにはいかないでしょう」

「ちなみに私以外のその六人のうちの一人が〈武蔵野書店〉の常連さんだったんです」

「何それ。どういう意味？」

「小柳さんは話したことはないと思いますけど、藤井美也子さんっていう女の人で、いまはどこかの証券会社で派遣社員をしているらしいんですけど、昔神保町にあった本屋で書店員をやってたらしくて。そのとき、まだデビュー前の大西先生と会ってたって」

「じゃあ、つまり大西賢也と谷原京子をつないだのは、その藤井さんっていう人だっていうこと？」

「でも、私、マダムに……。あ、マダムっていうのは私がこっそりつけた藤井さんのあだ名なんですけど、誰かを紹介されたことなんてありません」

「じゃあ、そのマダムさんと一緒にいたときに会った誰かだよ。それも男の人。思い当たる人はいない？」

先ほどまでの怪訝そうな表情が一変して、小柳さんの顔には好奇心が張りついている。私も同じことを考えていた。マダムと一緒にいたときに会った男性。パッと思いつくのは二人しかいない。でも、そんなこと……。

「一人はうちの親父です」

期待した答えと違ったのか、小柳さんの瞳に失望の色が広がった。もちろん、私だってあり得ないのはわかっている。客商売でありながら「面倒くせぇ！」が口グセで、年賀状さえほとんど書かない人間だ。小さい頃から見てきた親父が、私の目を盗んで、実は「大西賢也」としてこっそり小説を書いていたなんて絶対にあり得ない。

第一、もし仮に親父が大西賢也なのだとしたら、マダムの態度に説明がつかない。はじめて〈美晴〉の暖簾をくぐったとき、マダムはあんなふうな挙動不審に陥らなかった。

だとしたら、はじめて来た日にはいなくて、次の日に店にいた人ということになる。しかも男性。拳を握りしめ、私は小柳さんの目を覗き込んだ。

「もう一人は店長です」

テーブルの上に冷たい沈黙が降り注いだ。噴き出すか、もしくは「ないない！」と大騒ぎしてくれるという期待を裏切り、小柳さんは合点がいったようにうなずいた。

「やっぱりね。そうじゃないかと思ったんだ。それくらいしか説明つかないもんね。冗談半分で言ってたけど、私、谷原と店長って本気で悪くないと思ってたよ。あんたたち、間違いなく気が合うよ」

小柳さんは言い切った。論点がズレているし、いつもだったらムッとしたに違いないが、私はすとんと納得がいった。

その理由もわかっている。直前に『店長がバカ過ぎる』を読んでいたからだ。読みようによっては、それは店長から私に対する、あるいは私から店長に対するラブレターと受け取ることができた。

少なくとも自分でも説明のつけられなかった店長への気持ちを、決して好きという純粋な気持ちじゃなくても気になって仕方のない自分自身を、ハッキリと突きつけられた気がした。

「でも、たしかにミステリアスな人ではありますけど、大西賢也先生の正体が店長だなんてあり得ないですよね」

そうだったらおもしろいのに……と、心のどこかで失望しながら、私は苦笑する。小柳さんは不思議そうな顔をした。

「あり得ない？」

「あり得ません」

「どうして？」

「大西先生の年齢です。歳は公表していませんが、デビュー作の『幌馬車に吹く風』がいまから二十五、六年前に出版されたものなんです。それこそ当時顔を見せた書店員さんたちがみなさんいい歳なんですから、大西先生だって五十歳は超えていると思います。店長って、まだ四十歳くらいですよね」

「だったらお父さん？」

「いいや、それはもっとあり得ないですけど」

「他にあり得そうな男の人は？」

「いません」

「となると、やっぱり一人しかいないじゃん。ねぇ、そもそも店長って本当に四十歳なんだっけ？」

「え？」

「谷原、本人から歳って聞いたことある？」

「いや、それはありませんけど」

「っていうか、四十歳くらいってあんたに教えたの、たぶん私だと思うんだよね。あの人、実は五十歳っていうことはあり得ないかな」

店長の瘦せぎすな容姿を思い浮かべた。絶対にない……ことはない。そもそも私は五十歳の外見の正解がわかっていないが、とりあえず親父が大西賢也であることよりもずっと可能性は高い気がする。

「でも、たとえば私に近い誰かと大西先生が友だちで、いろいろ話を伝えてたっていうことはないですかね」

「誰かって誰よ」

「だから、たとえば〈美晴〉の常連の石野さんとか、それこそマダムとか、あえて言うと小柳さんとか」

言いながら自分でもあり得ないことだと思った。意味がないからとかじゃない。『店長がバカ過ぎる』が、あまりにも「愛」にあふれていたからだ。私を知らない誰かが話を聞いたというだけであれを書けるとは思えない。

押し黙る私を無言で見つめ、小柳さんは肩で息を吐いた。

「とりあえず当たるべきは店長だよね。とはいえ、店長が大西先生だなんてないと思うけど、可能性は一つずつつぶしていかなくちゃ」

「そうですね。ちょっと探ってみます。あの、小柳さん――」と、私は思わず口にした。小柳さんは柔らかく微笑んだまま首をひねる。

「何?」

「え? ああ、いや、いつか店に戻ってきてください」

「うん?」

「小柳さんがいないと締まらないし、やっぱり楽しくないんです。私から店長に掛け合ってみますから。お願いします」

本当は、小柳さんにもう一つ疑問をぶつけようと思っていた。店長がしきりにこだわっていた「大西賢也のサイン会」についてだ。

あれは、どう捉えたらいいのだろう。仮に店長が大西先生なのだと仮定したら、サイン会を巡る数多(あまた)のやり取りで、店長はずっとしらばっくれていたというのか。考えてもわからない。わからないけれど、気になることが一つある。〈美晴〉で大西先生が覆面作家だと伝えたとき、店長はにべもなくこんなことを言っていた。

「そんなことは問題ない。だって谷原さんは――」

あのとき、店長は何を言おうとしたのだろう。直後にマダムが来店してきて、会話は途切れてしまった。あのとき、ひょっとしたら「(だって谷原さんは) いまこうして大西賢也と話しているわけですから」と続いていたのではないだろうか。

そのことを伝えようと思ったが、結局いまここで何を話しても解決には至らない。咄嗟に出た復職の願いだったが、意外にも小柳さんは悪い顔をしなかった。

「そうだね。辞めてみていろいろと気づくことがあったよ。アパレルの仕事も楽しいけど、やっぱり私は物語を売っている方が性に合う。もちろん簡単なことじゃないだろうけど、戻れたらおもしろいかもしれないね」

それからは大西賢也先生の話題から離れて、書店業界にまつわるいろいろなことを二人で語り合った。

小柳さんから次々と斬新なアイディアが出てきた。それは、ひいては〈武蔵野書店〉の革命にもつながるようなものばかりだ。小柳さんが帰ってきてくれたら本当におもしろくなる。私の胸は躍っていた。

「とりあえず、あんたはこれだけ恩を売ったんだ。大西賢也のはじめてのサイン会はマストだからね。当代切っての売れっ子の作家人生二十五年にして初の顔出しが、吉祥寺の小さな書店っていうのは絶対におもしろいでしょう？　マスコミとかファンとかバンバン呼んでさ、もう店中を人であふれ返らせて。それってもう〈武蔵野書店〉反逆の狼煙(のろし)だよ！」

そう不敵に微笑んだ小柳さんと別れたときには、すでに日をまたいでいた。朝礼で店長の目をつぶそうとして、往来館の二人と喫茶店で待ち合わせて、そこで渡されたゲラはとんでもない衝撃作で、読むつもりなどなかったのに一気に読んでしまい、大好きな先輩といろいろなことを語り合った。

頭も身体(からだ)も当然ヘトヘトだったけれど、私の足はアパートではなく、店に向かった。化粧ポーチを忘れたからだ。化粧ポーチを忘れたからという言い訳を、私は心の中で繰り返した。

小柳さんの退店を受けて渡されていたマスターキーを使い、深夜の店に忍び込む。バックヤードにぽつんとあるデスク。いつからか店長の私物ばかり置かれるようになっていた。

正直に言えば、半信半疑だった。いや、そんな表現が許されるのなら、一信九疑だ。やっぱり店長が大西賢也だなんてあるわけない。その証拠になるようなものを……。小説なんて書いていないという確たる証拠を……。

そんなことを思いながらデスクを漁(あさ)り、私はある物を見つけた。いつかの朝礼で店長が熱っぽく紹介していた自己啓発本。結局、この一作で市場から消えた竹丸トモヤが著した『やる気のないスタッフにホスピタリティを植えつける、できるリーダーの心得　77選！』だ。

「まだこんなものを」と独りごちながら、付箋(ふせん)だらけのそれを手に取った。なんとなくパラパラとめくってみて、私は正体不明の違和感にとらわれた。

その理由を知りたくて、呆然と立ったまま先頭のページに戻った。とくに入念にマーカーが引かれた項目が六箇所ある。

その一つ一つを読み込んだ。すべてを読み終えたとき、私は脳みそがぐにゃんとひっくり返るような気持ちの悪い感覚に襲われた。

・〈〈第8選〉辞めたがるスタッフを翻意させる心得〉
→そのスタッフより自分の方がはるかに辞めたいのだということをアピールしましょう。やみくもに引き留めるのでなく、スタッフにやさしく大切であると伝えましょう。

・〈〈第19選〉スタッフの不満を毒抜きする心得〉
→これは簡単。あなた自身が怒ってみせるのです。怒る相手は、あなた自身よりも目上、あるいはステータスの高い人であるべきでしょう。なるべくたくさんの人の前で、不満を抱えているスタッフに吐き出させてあげるのもいいかもしれませんね。

・〈〈第38選〉スタッフに帰属意識を植えつける心得〉
→あなた自身の組織への忠誠心を見せることです。スタッフはつい自分が素晴らしい環境にいることを忘れてしまいがちです。あなたが率先して組織への、あるいは組織の長への愛を見せてあげることで、スタッフの愛社精神は自然と養われます。

・〈第50選〉それでもやる気の出ないスタッフを本気にさせる心得〉

↓その場合はもう声高にスタッフへの愛を叫ぶのみです！　他のスタッフの前で、あるいは見知らぬ人たちの前で、堂々とスタッフへ「ガンバレ！」と言ってやりましょう。立ち会う人が多ければ多いほど効果は絶大です。

・〈第66選〉諦めがちなスタッフを諦めさせない心得〉

↓スタッフが絶対に無理と決めつけてしまっていることを、あなた自身が実現してみせることです。高ければ高い壁の方が登ったとき気持ちいいもんな、という体験を、是非スタッフにもさせてあげてください。

・〈第77選〉そして誰よりも孤独なあなたを癒やす心得〉

↓どうして自分がここまで道化を演じなければいけないのか。ここまで読んでくださったみなさんは思うことでしょう。でも、大丈夫。あなたが敏腕であることは必ずスタッフに伝わっているはずです。それでも気づかないおバカなスタッフがいるのなら、朝礼などを利用してなんとかこの本に目を通すように仕向けちゃいましょう（笑）。あなたがピエロを演じた分、あなたの組織はより強固なものになっているはずです。能ある鷹は爪を隠す！

さぁ、素晴らしい組織作りを。グッドラック！

「なんだ、これ……。なんだ、これ……。なんだ、これ……」と、誰もいない深夜のバックヤードで、何度口に出したかわからない。

最後のページに至っては、ほぼすべての文章にマーカーが引かれている。まるで偏差値の低い受験生の参考書みたいな有り様だが、これさえも能ある鷹の仕業なのではないかという気がしてくる。

何もかも身に覚えのあることばかりだった。店長が大西賢也なのかどうかという当初の調査目的は吹き飛び、ただただ目を見開いていた私は、さらにあるものを見つけてしまった。

〈美晴〉の箸袋（はしぶくろ）に記された、見覚えのある店長のメモだ。〈いしのえなこ〉という平仮名のとなりに、〈ISHINO　YENAKO〉とローマ字での表記がある。

店長がこれを書いた日のことは覚えている。石野さんとはじめて会った日だ。あのときはまたワケのわからないことをし始めたと思った程度だったが、今回は強烈な違和感を抱いた。きっかけは〈恵奈子〉の〈恵〉の字が〈YE〉と表記されているのに気づいたことだ。そしてその気づきこそが、すべての疑問を解決する糸口だった。

胸がドクドクとんでもない音を立てている。いまにも漏れそうな声を、口を押さえて必死に堪（こら）える。背後から名前を呼ばれたのは、そのときだった。

「ああ、谷原京子さんでしたか。こんばんは。こんな遅くに何をしているんですか？　灯（あか）りが漏れているから不安で来てしまいましたよ」

いつからそこにいたのだろう。暗闇(くらやみ)の中に店長がポツンと立っていた。店長はニコリと微笑んで、ゆっくりと私ににじり寄ってくる。私は恐怖でガタガタ震えた。この瞬間だけを映像で切り取られたら、ついに正体を暴かれた凶悪犯罪者と、好奇心だけで正体を知ってしまった哀れな子羊だ。

一瞬、店長の手にナイフが握られていないか本気で確認した。もちろん、そんなものはなかったけれど、身体の震えは収まらない。

私の目の前まで迫ったとき、薄明かりの逆光になって、店長の顔は見えなくなった。

「でも、ちょうど良かったです。私、谷原京子さんにお伝えしなければならないことがあったんです。といっても、察しのいい谷原京子さんのことですからね。すでにお気づきのことかと思いますが」

「え、何……？　何がですか？　私、何も知りませんから！」としらばっくれようとした私の頭を、店長はなぜか恋愛ドラマのようにポンポンと二回叩(たた)いた。

全身を走った鳥肌が、ついに秘密を打ち明けられる恐怖から来るものなのか、ただ気持ち悪いだけなのか、もう私にはわからない。

店長が微笑むのが気配でわかった。

「谷原京子さん、心して聞いてくださいね。実は私――」

昨日までは軽薄としか思えなかったはずの笑顔で切り出されたとき、私はどんな顔をしただろう。

店長が何者なのか。

キレ者なのか、凡夫なのか。

大西賢也とは誰なのか。

すべての疑問がヤミ鍋（なべ）のように煮えたぎり、胸がふつふつと音を立てていた。

誰が誰かも、善か悪かも、それが論点なのかもわからない、私の人生では未体験の、大混乱の夜だった。

※

〈武蔵野書店〉吉祥寺本店に、不釣り合いな横断幕が掛かっている。

『「店長がバカ過ぎる」大ヒット記念！　大西賢也先生　トーク＆サイン会』

「大西賢也先生」と「トーク＆サイン会」の間に、マンガの吹き出しのような形で「初！」という文字が踊っている。

さすがに誰もかれもというわけにはいかなかったが、サイン会を営業終了後に開催すると決めたことで店はかつてない人たちであふれ返り、マスコミのカメラの数もこちらの想定をはるかに上回った。

そのアイディアを打ち出した我らが店長が、ファンたちの前に立ってマイクを握る。何台かのカメラのフラッシュが瞬いた。いつも堂々としている店長も、さすがに今日ばかりは緊張しているようだ。

「ええ、本日はこんな夜遅くの開催にもかかわらず、これだけ多くの大西賢也先生のファンのみなさま、メディアの方々、そしてごく一部の〈武蔵野書店〉の常連のみなさまにお集まりいただき、感謝しております——」

軽いジャブが見事に当たり、店内がやさしい笑いに包まれる。最後方のスペースで安堵した私の肩を、誰かが叩いた。

振り向いて、私はハッとする。

「え、どうされたんですか？　富田先生」

なぜかそこに立っていた富田暁先生が、私を見つめながら目尻を下げた。

「言わなかったっけ？　僕、大西さんの大ファンだったからさ。今日はこっそり申し込んでたんだよね」

「えーっ、言ってくださいよ。座席くらいお取りしておいたのに」

「いやいや。それはムリだよ」

「ムリ？　どうしてですか」

「京子ちゃんがそういう依怙贔屓をしない人だって、僕が一番よく知ってるから」

富田先生が口にする言葉の意味を、私はきちんと理解した。

「あの、あらためましておめでとうございます。富田先生。本屋さん大賞」

「何度も言うけど京子ちゃんのおかげだって」

「何度も言いますけどそんなことありません」

「いやいや、だってさ――」

今年度の「本屋さん大賞」は、第一位が富田暁先生の『約束された隣人』に、第二位が大西賢也先生の『店長がバカ過ぎる』に決まった。

特筆すべきは、今年の「本屋さん大賞」が史上稀に見る大接戦だったということだ。両者のポイント差はなんと「1」。つまり、だれか一人でも一位票と二位票を入れ替えていたら、順位は逆転していたのである。

当然そんなことを知る由もなく、私は『約束された隣人』に一位票を投じていた。タイトル同様、てらいのないラブストーリーは、デビュー作『空前のエデン』以来、常に「照れ」を感じさせた富田暁の決意表明であったと思う。

横浜でのデート時に話を聞かせてもらったときから、私はずっと期待していた。富田先生はその期待をはるかに上回るすごい小説を書いてくれた。「依怙贔屓をしない」とは、つまりはそういうことなのだろう。自分への応援歌であり、私の『決してキラキラしていないけれど、幸せになりたくて必死にもがいている私たちの物語』というコメントが、版を重ねたいまでも帯に使われているというのに、私は『店長がバカ過ぎる』を二位とした。

ご丁寧にも『約束された隣人』に寄せた私のコメントは「本屋さん大賞」の小冊子に掲載された。

そしてなんの因果か、そのコメントが三刷目からまたしても帯に起用された。

『富田暁という小説家が同時代にいてくれて良かった——。この本を読んで、私はあらためてそう思った』

いまやどの書店を巡っても、平台の一等地に「武蔵野書店・吉祥寺本店　谷原京子」の名前を見つけられる。〈リバティ書店〉のカリスマ書店員・佐々木陽子さんは、パーティ等で顔を合わせるたびに「おっ、時代の寵児」などと意地悪なことを言ってくる。

もちろん、私は寵児なんかじゃない。いまでも吹けば飛ぶような書店員に違いないが、変わったことが一つだけある。

「どうですか？　正社員になって何か変わったことはありましたか？」

富田先生の表情がいたずらっぽく歪んだ。

「べつに何も。あいかわらず薄給ですし、出版界がこんな状況である以上、店がいつまであるかもわからないですしね。つまりは安定なんて幻想でしかなかったですけど、そうですね。一つだけ変わったこともありました」

そこで一度言葉を切って、私はこくりとうなずいた。

「さらに本が好きになった気がします。昔より本が売れなくなったとしても、本はおもしろくなり続けていると思うんです。それを読者に届けられないのは私たちの敗北。そんなふうに思うようになりました」

「それはまたストイックな」と、富田先生は呆れたように肩をすくめて、ポツリと続けた。

「店長は……、というか、元店長はですね。山本さんはお元気ですか？」

「ええ、元気でやってるみたいですよ」

「あなたをきちんと正社員にして異動していったんだもんね。やっぱり敵わなかったな、あの人には」と口にする富田先生の手には、おなじみの『やる気のないスタッフにホスピタリティを植えつける、できるリーダーの心得　77選！』がある。

私はくすりと笑い、首を振った。

「富田先生の方が素敵ですよ」

「ハハハ。どの口がそんなこと言うんですか」

「ホントですって」

「いやいや。それは信じません」

富田先生は他意もなさそうにからりと笑い、私は少しだけ気まずくて顔をしかめる。「本屋さん大賞」を受賞した直後のことだ。富田先生はあらためて私につき合って欲しいと申し出てくれた。

その身に余る告白を、私は毅然と断った。胸の中に、泣きじゃくる山本猛元店長の姿があったからだ。

深夜の店に忍び込んだあの夜、私の頭をポンポンと二度叩いて、「実は私――」と口にしたあと、店長は突然ポロポロと泣き始めた。

「私……、私……。なんと本当に異動が決まってしまったんです！」

「え？　い、異動？」と、直前まで店長の正体について語られるものと身構えていたので、私はひどく拍子抜けした。

そんな私の気など知らずに、店長はさらに大粒の涙をこぼした。

「はい、異動です。ひどいんです！　異動するなら、せめて本社の仕入れか、社長秘書室かって思ってたのに。ひどいんです！」

「ちょ、ちょっと店長。落ち着いてください。どこに異動なんですか？」

「谷原京子さんは、弊社の社長が宮崎出身って知ってましたか？」

「はい、知ってます。なんかあれですよね？　故郷に錦を飾るとかって〈武蔵野書店〉を宮崎の山奥に作ったんですよね？」

「それなんですよ」

「え？」

「私、そこに行かされることになったんです！　しかも店長でさえないんですよ。店長代理補佐とかいう聞いたこともない肩書きなんです。店長の代理をさらに補佐する仕事なんですよ。そんな山奥、そもそも何人いる店舗だっていうんですか！」

しまいにはしゃがみ込み、両手で顔を覆っておんおん泣き出してしまった店長の背中を、気づいたときには私は子どもにするように撫でていた。「私はずっと現場に立っていたい」「出世なんて興味がない」「本店じゃなくてもいい」「店長という肩書きだって必要ない」「私はずっと店頭に立っていたい」……。全部いつか店長が言っていたことだ。

私はいまだに店長がつかめない。敏腕なのか、ボンクラなのか。能ある鷹なのか、そうじゃないのか。わかるのは『店長がバカ過ぎる』ですでに記されていた通り、店長がかわいくて仕方がないということだけだ。

そんなことを思ったとき、〈武蔵野書店〉吉祥寺本店が誇る美人新店長・小柳真理さんが本日の主役を呼び込んだ。

「それでは、大変お待たせいたしました。大西賢也先生にご登場していただきましょう！」

店内が一瞬、静まり返る。直後、爆発するような熱風が吹き荒れた。驚嘆するファンの声、スタッフの大きな拍手、幾重にも重なるシャッター音……。

最初から撮影自由であることは伝えていた。スマホを向ける多くのファンに紛れて、私も大西賢也先生の初顔出しをカメラに収めた。宮崎でがんばっている店長代理補佐に送るよう頼まれていたからだ。

一礼する大西賢也先生を見て、私はニンマリする。あの夜、〈恵奈子〉の〈恵〉の字が〈YE〉となっている店長のメモを見つけたとき、一気に脳裏を巡ったのは、大西賢也先生の『早乙女今宵の後日談』の一節だった。

主人公・榎本小夜子（EMOTO SAYOKO）の名が、作中の小説家・早乙女今宵（SAOTOME KOYOI）のアナグラムになっているというミステリー的な仕掛けを、「I」が足りていないということも含めて、私はしらけながら読んでいた。その伏線が、まさかこんなふうに回収されることになるなんて夢にも思っていなかった。

写真を添付し、（OONISHI KENYA）とだけ綴って、顔を上げると、大西先生と目が合った。

大西賢也先生の……、私が長らく石野恵奈子（ISHINO YENAKO）さんとしてつき合っていた大家の表情が、柔らかく綻んでいる。

「みなさん、はじめまして。大西賢也です。今日は私なんかのために集まってくれてありがとう。さっきここの店長さんと相談して、今日のこのトークショーの相手を私が指名させてもらうことになりました。拙著『店長がバカ過ぎる』の主人公・谷口香子のモデルになった、〈武蔵野書店〉の若きカリスマ書店員・谷原京子ちゃんでーす！　はい、みんな拍手！」

悪ノリした石野さんに乗せられ、みなさんの視線がいっせいにこちらを向いた。一気に緊張でガチガチになったけれど、私がピンチのときは必ずあの人が助けてくれる。

救いを求めて見たスマホに、元店長からの返信が入っていた。

『え？　え？　なんでそこに石野恵奈子さんがいるんですか？　大西賢也先生は？　え？　どういうことですか？　そっちでいったい何が起こっているっていうんですか⁉　どういうことですか、谷原京子さん！』

私は店長がわからない。この人は大西賢也の正体を知っていたのではないのだろうか。石野恵奈子と見抜いていたのではないのだろうか。だとしたら、あの〈ＹＥＮＡＫＯ〉のメモはなんだったのか。

そんなことを思っていた矢先、立て続けに二通目のメールが入ってきた。写真が添付されている。元店長とマダムのツーショット。

本文にはこうあった。

『大分の女と密会中。宮崎の男・ヤマモトタケル』

本当に店長がわからない。どうしてマダムが宮崎にいるのか。どうして署名が片仮名なのか。頭の中を「？」がぐるぐる巡る。

すると、そのとき、背後の富田先生がいきなり驚きの声を張り上げた。

「わぁ、すごい！　これもアナグラムになってるんだ！」

富田先生は無遠慮に私のスマホを覗き込んだ。そして指さされた「ヤマモトタケル」の文字がグシャッと崩れて、見事に「タケマルトモヤ」に入れ替わった。富田先生が手にする『やる気のないスタッフに――』の著者、竹丸トモヤだ。……って、おい！　ちょっと待て。それってつまりどういうことだ⁉

いよいよ店長がわからない。わかることは一つしかない。どうやら引き続き情報を提供できそうだということだけだ。

大西賢也先生の大ヒット作、第二弾。タイトルはそうだな、元店長が……。

いや、『店長代理補佐がバカ過ぎる』でいいだろう。

本書は「ランティエ」二〇一八年五月号から二〇一九年三月号までに連載した作品に加筆・訂正いたしました。

著者略歴

早見和真〈はやみ・かずまさ〉
1977年、神奈川県生まれ。2008年『ひゃくはち』でデビュー。同作は映画化、コミック化されベストセラーとなる。14年『ぼくたちの家族』が映画化、15年『イノセント・デイズ』が第68回日本推理作家協会賞（長編および連作短編集部門）を受賞、テレビドラマ化もされ大ベストセラーとなる。他の著書に『小説王』『かなしきデブ猫ちゃん』（絵 かのうかりん）などがある。

Kadokawa Haruki Corporation

早見 和真
店長（てんちょう）がバカすぎて

*

2019年7月18日第一刷発行
2020年2月 8 日第九刷発行

発行者 角川春樹
発行所 株式会社 角川春樹事務所
〒102-0074 東京都千代田区九段南2-1-30 イタリア文化会館ビル
電話03-3263-5881（営業） 03-3263-5247（編集）
印刷・製本 中央精版印刷株式会社

ISBN978-4-7584-1339-8 C0093
http://www.kadokawaharuki.co.jp/
JASRAC 出 1904854-009